KB105286

꽃같은 마음씨

김수진 | 詩評 정호승

조갑제닷컴

생존과 자유를 찾아온 詩

나는 이 시집을 통해 비로소 배고픔과 굶주림이 다른 개념을 지닌 낱말이라는 것을 알게 되었다.

鄭浩承 (시인)

김수진 시집을 다 읽고 가장 먼저 떠오른 낱말은 굶주림이다. 연이어 계속 떠오른 낱말도 옥수수밥, 옥수수가루, 풀죽, 죽 한 공기, 물을 탄 죽그릇, 나물국, 빵 부스러기, 끼니, 꽃제비 등 굶주림과 연관된 낱말들이다. 이는 이 시집이 굶주림에 대한 분노와 절망의 시집이기 때문이다.

나는 이 시집을 통해 비로소 배고픔과 굶주림이 다른 개념을 지닌 낱말이라는 것을 알게 되었다. 배고픔은 먹을 수 있는 가능성이 열려있는 상태다. '배가 고프다'는 사실에 대해 '내가 먹지 않았다'는 자의성이 개입돼 있는 상황을 배제할 수 없다. 마음먹기에 따라 먹을 수 있는 상황이 어떠한 형태로든 있을 수 있다는 가능성이 전제돼 있다.

그러나 굶주림은 아무리 먹고 싶어도 먹을 게 없는 현실적 상황이 바탕을 이룬다. 먹는다는 인간의 본능적 자유의지가 현실적 상황에서 상실된 상태를 의미한다. 그러니까 북한 사람들은 배고픔의 상황에 놓여 있는 게 아니라 굶주림의 상황에 놓여 있는 것이다.

남한 사람들이 배고픔과 굶주림의 차이를 얼마나 현실적으로 느낄 수 있을까. 북한 사람들이 굶주리고 있다는 사실을 배가 고프다는 사실로 혹시 오인하고 있는 것은 아닐까.

어쩌면 그럴지도 모르겠다. 대한민국에서 태어나 60평생을 살아온 나만 해도 배는 고파봤지만 단 한 번도 죽음에 이르도록 굶주려 본 적이 없다. 한 줌의 강냉이가루에 물을 한 바가지 부어 끓인 멀건 죽을 먹어본 적도, 풀뿌리를 캐거나 나무껍질을 벗겨 먹어본 적도 없다. 그래서 굶주림에 대한 체험적 이해가 결핍돼 있다. 굶주림에 대한 경험이 전혀 없기 때문에 북한 주민들의 죽음과도 같은 굶주림을 머리로는 이해할 수 있어도 가슴으로는 이해하기 어렵다.

물론 북한 주민들이 고난의 시기를 겪으며 몇 년째 배급이 중단되고 굶주림에 허덕인다는 사실을 남한 사람들은 대부분 다 알고 있다. 지금은 남한도 북한 소식을 가능한 한 있는 그대로 언론매체를 통해 드러내는 편이다. 그래서 조금만 관심이 있다면 어제와 오늘의 북한이 어떠한지 쉽게 알 수 있는 방법은 다양하다.

나도 꽃제비 아이들이 헐벗은 모습으로 장마당을 기웃대며 땅바닥에 떨어진 먹을 것을 주워 먹는 모습과 탈북자들이 압록

강을 위태위태하게 건너는 장면의 영상을 본 적이 있다. 탈북 르포나 다큐멘터리 영상을 통해 그 고난의 과정을 보면서 '도대체 우리 정부는 탈북자 정책을 어떻게 하나' 하고 의구심을 떨치지 못한 적도 있다.

요즘도 북한 출신 미녀들이 TV 토크쇼에 나와 북한에서의 삶을 이야기를 하는 '모란봉 클럽', '이만갑(이제 만나러 갑니다)' 등의 프로를 보기도 한다. 물론 그 프로가 흥미 위주로 흐르기도 하고 '탈북미녀'들이 점차 연예인화 되어감으로써 어떤 면에서는 남한 사람들로 하여금 북한 주민들의 고통을 한순간이나마 잊게 만드는 부정적 측면이 없는 것은 아니다. 그렇지만 그들을 통해 북한에서의 삶에 대한 생생한 육성을 들을 수 있다는 점에서는 긍정적인 면이 더 크다.

그러나 남한에 사는 내가 일상 속에서 그런 북한 이야기를 듣는다고 해서 북한 주민들의 굶주림이 어떠한지 구체적으로 뼛속 깊게 느끼기는 어렵다. 그저 막연히 추상적으로 북한 주민들이 지금도 굶주리고 있다고만 여기게 된다. 그것은 앞에서도 이야기했지만 굶주림에 대한 처절한 경험이 북한 사람만큼 없기 때문이다. 이는 나뿐만 아니라 1960년대 이후 대한민국에서 태어난 남한 사람들 대부분이 그럴 것이다.

나는 이 시집을 읽는 동안 TV를 통해 북한에 있는 마식령 스키장 영상을 보았다. 스키를 타는 외국인도 보이고 북한 주민도 더러 보였다. 주민은 굶주림에 허덕이는데 스키가 무슨 소용이 있는가 하는 생각에 분노가 저절로 치밀었다. 또 북한이 장거리 로켓 '광명성 4호' 발사에 성공했다는 뉴스도 접하면서 북한은 지금 장거리미사일이 중요한 게 아니라 주민들의 굶주림이 더 중요한 문제라는 생각에 안타까움이 더 가중되었다.

그러나 그뿐이었다. 남한의 시인인 내가 북한 주민들을 위해 할 수 있는 일은 현실적으로 아무것도 없었다. 이 시집을 읽으면서 내가 북한 주민들의 굶주림에 대해 그 얼마나 피상적인 이해를 하고 있었는가 하는 것을 거듭 깨달을 뿐이다.

나는 이 시집을 읽기 전에 김수진 씨의 첫 번째 시집 『천국을 찾지 마시라 국민이여 우리의 대한민국이 천국이다』부터 단숨에 숨죽이며 읽었다. 한 쪽씩 넘길 때마다 굶주림에 대한 분노의 눈물이 방울방울 치솟아 내 가슴을 적셨다. 시집 속에서 흐르는 것은 피와 분노의 눈물이었으며, 시집 속에 피어나는 꽃은 굶주림과 죽음의 꽃이었다.

시집 어디를 봐도 굶주림과 강제노동에 대한 분노의 피눈물이 흥건하고 처절하다. 김수진 씨가 하루하루 비인간적인 삶을 살면서 겪은 체험의 구체적 사실과 진실 앞에 그저 말문이 막힐 뿐이다.

특히 꽃제비에 관한 시편들은 처절하다. 꽃제비라고 불리는 인간의 삶은 곧 죽음의 삶이다. 배고파 굶주리며 죽는 삶을 순간순간 이토록 처절하게 노래할 수 있을까. 굶주림을 견디다 못해 이웃집 모자(母子)가 꽃제비 아이들을 집안에 불러들여 다섯 명이나 잡아먹고 잡혀갔다는 이야기에는 경악을 금치 못한다.

남한에도 그 의미는 다르지만 꽃제비에 비교해서 말할 수 있는 노숙인이 있다. 말 그대로 그들은 노숙을 하며 하루하루 살아가는 사람들이다. 그러나 그들은 대부분 굶지는 않는다. 본인의 삶의 의지와 태도에 따라 굶을 수도 있지만 먹고 싶은데 못먹는 일은 거의 없다. 어디에서든 본인이 먹으려는 의지만 있으면 최소한 굶어죽지는 않는다. 삶의 의지를 되살려 살려고 노력만 하면 살아갈 수 있도록 여러 이웃들과 제도화된 사회기관에서 도와주는 일을 마다하지 않는다.

그러나 북한은 소수 권력층을 제외한 대다수의 주민이 먹고싶어도 먹지 못하고 굶주리는 죽음의 삶을 살고 있다. 툭하면 "오늘 너무 많이 먹어서 배가 불러 죽겠다"는 말을 한 나 자신이 그들 앞에 너무나 죄스럽다. 외식을 해도 항상 음식을 남기던 내가 아니던가. 누가 음식을 남긴다고 잔소리라도 하면 "내 몸은 남은 음식을 집어넣는 쓰레기통이 아니야" 하고 말하지 않았던가.

나는 이 시집을 읽으면서 북한 주민들이 굶어죽는 데에 경악을 금치 못하고, 남한에 정착해 새터민이 된 김수진 시인은 무엇부터 먼저 먹어야 할지 모를 정도로 남한에 음식이 넘쳐나는 일에 경악을 금치 못한다.

대한민국 청년들은 지금 지금 이 시대를 '헬조선', 즉 '지옥 같은 대한민국'이라고 말한다. 그러나 김수진 시인은 대한민국이야말로 천국이라고 말한다. 왜일까. 오늘의 북한이 바로 살아 있는 지옥이며, 북한에서의 삶이 바로 지옥에서의 삶이기 때문이다.

이 시집에 인간으로서 마땅히 지니고 누려야 할 배부름에 대한 이야기가 있으면 얼마나 좋을까. 그러나 이 시집에는 북한에서 배불리 한번 맛있게 밥을 먹어보았다는 구절은 없다. 요즘 김수진 시인은 아침에 밥을 해 주걱으로 푸다가 북한에서 굶주렸던 일과 지금도 굶주리고 있는 북의 형제들 생각에 목이 메여 제대로 밥을 먹지 못한다. 전기밥솥에서 한 주걱 푼 흰 쌀밥이 굶주림에 허덕였던 자신의 입에 들어가기 전에, 굶주려 죽기 직전에 놓인 꽃제비 아이들과 노인들의 입에 넣어주고 싶어 한다. 남한에 살면서 굶주림에서 벗어났다고 해도 고향 땅 북한 형제들이 굶주리고 있는 한, 金 시인은 진정한 의미에서 굶주림에서 벗어난 게 아니다.

그래도 이 시집은 첫 번째 시집에서와는 달리 남한에서의 삶에 대한 안정과 감사에 대한 시편들이 두드러진다. 북한에서의 비인간적 삶이 죽음과 같았던 만큼 남한에서의 인간적 삶이 감사와 행복의 삶으로 느껴지는 것은 당연하다. 그래서 그런지 이 시집 속엔 비로소 인간의 가장 소중한 가치인 사랑을 이야기한 시편들도 발견된다.

한 아이가 물어온/ 옥수수 한 이삭이/ 열 스무 명의 손으로 나눠진다/ 집 없이 부모 없이 긴 시간들/ 모두 한 가족으로 뭉쳐진 꽃제비 아이들// 시래기 한 조각도/ 나눠서 삼킨다/ 아무것도 없는 날엔/ 눈물을 함께 삼킨다/ 고사리 같이 여윈 손으로/ 서로가 서로에게 베푼다/ 죽음 속에서도 살아남는 건/ 꽃제비 아이들의 의리// 부모의 정 담아/ 형제의 정 담아/ 합쳐진 마지막 가족들/ 끝내는 죽음이 덮쳐도/ 죽는 순간까지 합쳐지는/ 꽃제비들의 가족/ 사회주의는 버려져/ 만신창이 되어도/ 절

대 흩어지지 않는/ 꽃제비 아이들/ 죽음 속에서/ 지켜지는 의리
여

(「꽃제비 아이들의 의리」 전문)

아내는 남편에게/ 남편은 아내에게/ 서로 밀고 밀다/ 끝내 남
겨진 죽 한 공기// 문 두드리는 소리 들린다/ 늙은 꽃제비가 손
을 내민다/ 사정없이 밀려오는 배고픔에/ 눈물을 머금고 주저
앉는 꽃제비// 밀던 죽그릇이/ 어느 새 쥐어졌네 꽃제비에게/
타드는 입술로/ 사랑을 축이는 꽃제비 노인// 거친 바람도 잠시
물러갔네/ 이들을 지켜보았네/ 가난 속에서도 타버리지 않는/
꽃 같은 마음씨를

(「꽃 같은 마음씨」 전문)

굶주림 가운데서도 옥수수 알 하나라도 서로 나누어먹는 꽃
제비 아이들의 마음에 누가 눈물을 흘리지 않을 수 있을까. 굶
주림의 극한적 상황에서도 죽 한 그릇을 서로 먹으라고 양보하
던 내외가 때마침 찾아온 꽃제비 노인에게 죽을 건네주는 마음
은 그 얼마나 거룩한 자기희생인가.

우리는 푸른 하늘을 나는 새들을 보고 자유롭다고 말한다. 그
러나 그것은 엄밀히 말하면 먹이를 찾아 열심히 이동하는 것일
뿐이다. 먹이를 찾는다는 것이 곧 자유를 찾는다는 것이기 때문
에 먹이 없는 자유는 존재할 수 없는 것이다.

이렇게 새도 인간도 먹지 않으면 생존할 수 없다. 그런데 북
한은 주민을 굶주림에 빠뜨리고 생존할 수 없게 한다. 어느 국

가든 국민을 굶기면 그것은 국가가 아니다. 북한이 제대로 된 국가가 되기 위해서는 먼저 국민의 굶주림 문제부터 해결해야 한다.

시는 인간을 위로해주고 위안해주는 측면이 있다. 나는 김수진 시인이 이 시집을 펴내면서 시를 통해 스스로 큰 위로와 위안을 얻었으면 한다. 그리고 이 시집은 김수진 시인의 말대로 "나 혼자 쓴 게 아니라 북한 주민 전체가 쓴 시집"이다. 따라서 이 시집에는 지옥과 같은 죽음의 삶에서 구원을 기다리는 북한 주민들의 간절한 소망이 담겨 있다.

나는 이 시집을 남한 국민이 보다 많이 읽음으로써 피상적으로 이해하고 있는 북한 주민들의 굶주림과 부자유한 현실에 대해 깊은 이해의 공감대가 형성되기를 바란다. 그리고 이 시집을 읽으면서 대한민국에서 태어나 오늘을 산다는 사실 그 자체만으로도 큰 축복을 받았다는 것을 깨닫게 되길 바란다. 왜냐하면 이 시집은 북한에서의 굶주림과 부자유를 견뎌낸 생존의 시집이며, 남한에서의 자유와 행복에 대한 감사의 시집이기 때문이다.

:목차

❹ 달과 고향

❺ 천국에 살며

후기 황당한 북한 이야기 | 김수진 … *127*

1

꽃제비의 눈물

행방소년

길을 걸을 때마다
꽃제비 소년의 발끝에서
툭 툭 돌이 튕겨진다
작은 공깃돌들이 맥없이
소년의 주위에서 떨어져 나간다

배가 고픈데
어디 밥 빌 곳이 없을까
뱃속에서 내지르는 꼬르륵 소리
꿰진 운동화 짬으로
튕겨 나온 발가락에 가 부딪친다
그러면 애매한 길가의 돌이
툭- 튕겨 저쪽으로 굴러간다

해가 떨어지는데
어디 잠 잘 곳이 없을까
따뜻한 온돌방은 없어도
바람 잦힐 곳이 어디 없을까
옷자락 사이로 스며드는 추위
다시 발가락에 가 부딪친다
그러면 또 돌이
툭- 튕겨 저쪽으로 굴러간다

어디로 갈까
어디로 갈까
꿰진 운동화 짬으로
빨간 발가락이 피를 토하며 묻는다
제발 살 길을 가르쳐다오

꽃제비의 눈물

꽃의 눈물은
이슬을 머금어 청초하다
바다같이 안겨있는 기름진 땅이
하늘같이 비치는 따뜻한 햇살이
밥이 되고 사랑이 되어서

꽃제비의 눈물은
빠질빠질 타는 가뭄이다
바위 돌같이 침묵하는 땅이
검은 연기같이 어두운 햇살이
밥과 사랑을 전부 묻어버려서

마르고 타는 가슴에서
입김도 서리지 못하는 눈물
다른 가슴에도 찐득찐득
묻어 일어나는 눈물
끝내는 운명을 고할 슬픔의 눈물

세수가 무슨 상관인가요

비오는 날
꽃제비 소년아
네 얼굴이 오늘에야 멀끔해졌구나

그래요 아줌마
비가 내 얼굴의 때를 씻어 주었어요

얼굴이 깨끗하면 뭐하겠어요
흙바닥이 내 집인걸
이제 또 맨 땅에 뒹굴면 같을 텐데

세수가 무슨 상관인가요
먹을 것이나 하늘에서 뚝 떨어졌으면
배고프고 병들어
언제 죽을지 모를 판인데

먼저 죽은 시신(屍身)들

들것에 실리어 나가는 시신(屍身)들
한 사람 한 사람 눈여겨보니
모두 애국적인 노동당원들이다
죽음도
순수한 그들을 먼저 덮쳤다

당원이었지
윗집 어르신 부부
바로 충실한 당원이었지
낙동강 불바다 헤쳐 온 훈장
천리마 시대를 타고 온 훈장
온 가슴에 메달 투성이었지
죽으면서 한 분노에 찬 한 마디
피를 바치고 뼈를 깎아 바치고
종당에 이렇게 굶어죽다니

옆집 젊은 부부
그들도 역시 당원이었지
공장에서 제일가는 혁신자 부부
오누이 남겨두고 굶어죽었지
죽으면서 남긴 애절한 한 마디
원통하구나

묵묵히 바쳐서 차례진 대가란 죽음뿐

끝이 없이 간다 시신들
어제도 죽고 오늘도 죽고
누구의 바래움도 없는 시신들
한 사람 한 사람 눈여겨보니
모두 당원들이다
훌륭했던 사람들이다

시신을 넣을 관조차 없다
그대로 땅에 묻힌다
애국심을 심은 땅에서 소작한 열매는
죽음을 가꾼 시신들

꽃제비의 여름

꽃제비의 여름은
더욱 처량하다
땡볕에 철철 드러누운 모습들
가뭄 타는 여름에 더욱 말라
시래기처럼 배들거리는 모습들

쌀은 없어 먹을 수 없고
세상이 어쩌나 빈곤한지
땅 속의 물줄기조차 말라버렸네
먹을 물 한 모금조차 얻기 힘들어
더욱 더 말라가는 꽃제비들아

추운 겨울보다 좋아
손꼽아 기다린 여름
뙤약볕이 사람을 녹여낸다
꽃제비들의 가냘픈 호흡조차
흡혈귀처럼 빨아들이는 여름
꽃제비에겐 여름도 원수구나

인사말

한 끼 한 끼가 걱정이어서
자고 깨면 이웃에게 묻는 말
밤 잘 잤느냐가 아니다
아침 끼니는 때웠는가고

누구는 겨우 옥수수밥이란다
누구는 풀죽이란다
누구는 굶음이란다
하루 세 끼 먹을 수가 없어서
고작 한 끼뿐이란다

풀죽과 굶음은 비슷하건만
그래도 끼니를 때웠노라고
풀죽이 먼저 말을 건네네
굶은 자는 말 건넬 힘도 없어
흘러내리는 눈물이 말을 대신하네

언제 끝나랴 이 굶주림이
아름다운 인사말로 웃을 날이 올까
불행한 인사말이 언제 끝나랴

잠자리와 꽃제비 소년

집 없이 삼년째
어느 아파트 뒤뜰에 앉아
마지막으로 날아가는 잠자리를 바래며
눈물이 핑 돈다
꽃제비 소년의 눈가에

벌써 쌀쌀해 오는 날씨를 피해
하느작이며 어디론가
급히 가버리는 잠자리들
쓸쓸하구나
나 또한 너처럼
겨울을 피할 수 있다면 얼마나 좋으랴

똑같이 이 세상에 살고 있지만
몸담을 곳이 없는 나
자연이 통째로 품안아 주는 너
잠자리야 네가 부럽다

꽃제비의 집

꽃제비의 집은
하늘이 지붕이다
땅이 구들목이다
온 세상을 가졌다
하나만은 잘못 가졌다 아버지를
이 세상에 가장 못난 아버지를

굶음의 세계

굶음으로 아지랑이 가물거릴 때
꽃을 본 적이 있느냐
꽃은 가시같이 보이더라
메마르고 메말라 쫑쫑 말라버린
내 감정의 기억이
꽃을 죽게 만들더라

굶음으로 흐려오는 눈으로
별의 반짝임을 보았느냐
하늘에 달린 고드름 같더라
그것이 눈가에 통방울처럼 매달려
별을 몽땅 떼어 냈더라
누구도 따낼 수 없는 하늘의 별을

굶음으로 점점 시들어갈 때
바람의 소리를 들은 적 있느냐
방향을 잃어가고 있더라
아무도 알아주지 않는 곳에서
정녕 갈 곳이 어딘지를 몰라
죽음만 외치고 있더라

굶음은 사정이 없더라

세상의 전부를 버리게 하는 것
그것은 세상이 아니더라
별도, 꽃도, 바람도 제정신이 아닌
이미 죽음의 세계

꽃제비의 한숨

배가 고플 때
하늘을 쳐다보면 어때?
-허황하지-
땅을 내려다보면 어때?
-기가 막히지-

하늘과 땅은 세상이지
세상이긴 한데
그 속에 우리는 갇혀 있지
그곳은 우리를 버리는 곳
죽음만 남은 곳이지

그러니
우리가 바라볼 곳
아무것도 없지

노인네들

옥이 할매
오늘 아침 끼니는 드셨소?
요즘 점점 그 얼굴이 말이 아니요
저승 짐이 심하게 돋아났군
어찌 견디겠소

선이 할배
할배는 아침 끼니 드셨수?
목소리가 왜 그리 처지매
오늘 아침도
그 서글픈 끼니조차 못 드신 게로군
쯔 쯧 쯔 쯧

사는 게 참 미안하네
며늘아기 얼굴 쳐다보기 두렵소
하루 종일 여맹*에 끌려 다니고
그리고 우리까지 거느리니
그 앤들 오죽 힘들까

목숨은 왜 이리 질긴 건지
손자 얼굴 쳐다보기 두렵소
내 없으면 한 숟가락이라도

그 애들 목구멍 추길 건데
이 늙은 게 큰 짐이요

살아도 사는 게 아니네
죽은 목숨이네
저승길 오르기도 왜 이리 힘든지
하루하루가 너무 너무 지겨워
찬바람 으스스한
저 무덤골만 바라보네

*여맹(女盟 · 여성동맹)

생존(生存)

풀뿌리를 낟알이라고 말할 사람은
이 세상에 없다
나무껍질을 음식이라고 말할 사람은
더더욱 없다

그래도 우리는 밥이라고 불렀다
가난으로 죽음의 강을 건널 때
그것은 우리의 먹을거리였다

그것조차도 다 캐내어
산이 벌거숭이가 되었을 때
조용히 모두 그 땅에 드러누웠다
땅을 갈아엎고 그 안에
천금 같은 목숨을 묻었다

가뭄

사람도 해칠 듯한 가뭄에
올 농사 다 지었다
벼 종자 모자란데
물까지 모자라니
말라터진 땅이 입 벌리고 헉헉댄다

지그시 입 감춰 물고
세월을 노려본다
먹어야만 살 수 있는 세상살이
올해 또 흉년이니
여기저기서 모아 쉬는 한숨소리
땅이 꺼지는 듯한 한숨소리

그러다가 누가 하는 한 마디
농사가 잘 되면 뭐하나
언제 그 낟알 바란 적 있나
해마다 우리 손엔 빈 쪽박인걸

배급소는
풍년에도 가뭄
흉년에도 가뭄
이래도 저래도 가뭄인걸

축포가 오른다

하늘밭에 돋아난 불꽃들이
활짝 웃음을 터뜨릴 때
땅 밑에서는 모두 기겁을 한다
환호를 대신해 울음을 터뜨린다

하늘로 뿌려지는 저 숱한 돈
죽어가는 백성들을 구제했다면
미치도록 환호할 축포이지만
삼백만을 굶겨 죽인 무덤 우에서
춤을 추며 날아오르는 축포야

우리의 눈물이
세상천지에 뿌려진다
우리의 슬픔이
만천하에 드러난다
우리의 울분이
강산을 진동시킨다

화답하는 사람은 아무도 없다
이천삼백만이 모두 기겁을 한다
고통스러운 축포여
죽음을 찬양하는 무덤 우의 축포여

백성들의 가슴에 먹구름을 불러오는
미친 자의 허황한 놀음이여

2

꽃 같은 마음씨

꽃 같은 마음씨

아내는 남편에게
남편은 아내에게
서로 밀고 밀다
끝내 남겨진 죽 한 공기

문 두드리는 소리 들린다
늙은 꽃제비가 손을 내민다
사정없이 밀려오는 배고픔에
눈물을 머금고 주저앉는 꽃제비

밀던 죽그릇이
어느새 쥐어졌네. 꽃제비에게
타드는 입술로
사랑을 축이는 꽃제비 노인

거친 바람도 잠시 물러갔네
이들을 지켜보았네
가난 속에서도 타버리지 않는
꽃 같은 마음씨를

꽃제비 아이들의 의리(義理)

한 아이가 물어온
옥수수 한 이삭이
열 스무 명의 손으로 나눠진다
집 없이 부모 없이 긴 시간들
모두 한 가족으로 뭉쳐진 꽃제비 아이들

시래기 한 조각도
나눠서 삼킨다
아무것도 없는 날엔
눈물을 함께 삼킨다
고사리 같이 여윈 손으로
서로가 서로에게 베푼다
죽음 속에서도 살아남은 건
꽃제비 아이들의 의리

부모의 정 담아
형제의 정 담아
합쳐진 마지막 가족들
끝내는 죽음이 덮쳐도
죽는 순간까지 합쳐지는
꽃제비들의 가족

사회주의는 버려져
만신창이 되어도
절대 흩어지지 않는
꽃제비 아이들
죽음 속에서
지켜지는 의리여

엄마와 아가

빵을 파는 장사꾼을 앞에 놓고
걸음을 못 떼는 아가야
엄마의 걸음은 벌써
그 옆을 슬쩍 지나 저 쪽에 가 있건만

입술을 감빨며 감빨다
끝내 울음을 터뜨리는 아가
아니 본 듯
먼 하늘을 쳐다보는 엄마

아가는 왕왕 떼질 하는데
엄마의 지갑은 비어 있는데

누구를 탓하랴

생일날 아침

그토록 기다린 생일입니다
오늘은 하얀 쌀밥이 아니라도
옥수수밥이라도 주린 배를 채워줄까
첫 아침에 깨어나
집안을 둘러봅니다

뜰에 나가셨나
아버지도 할머니도
보이지 않습니다
생일 밥상 차려 줄 엄마도
어디 가셨는지
다시 둘러보니
베보자기 씌워놓은 밥상만 보입니다

베보자기 열어봅니다
노란 옥수수밥 한 그릇
나물국과 나란히 놓여있습니다
온 가족이 나눠야 할 한 끼 양식이
내 생일의 몫이 되었습니다

나는 압니다
왜 모두 밖으로 피난 갔는지

가족을 앉혀놓고 혼자 먹는 밥
목이 메일까봐

어쩔까요
혼자 먹으면 내가 아프고
안 먹으면 온 가족이 함께 아프니

밥솥을 엽니다
생일 밥 한 그릇에
큰 바가지로 물 붓고
온가족이 함께 할
사랑스러운 가난을
다시 끓입니다

꿈

어느 날 문득
돌아가신 어머님 꿈에 오셨다
그 때 입으셨던 낡은 옷에
가마에 붙은 죽에 또 물을 탄 죽그릇을 들고
아들이 볼까봐
부엌 구석에 쭈그리고 앉으셨다

나는 아니었다
하얀 이밥에 삼겹살 앞에 놓고
맛있게 먹고 있었다
내 아이들과 함께 식탁에 둘러앉아
죽 드시는 어머님은 돌보지 않고

꿈 속에서 이상해서 돌아보니
어머님은 북한에 계셨고
나는 남한에 있었다

이밥을 들라고
삼겹살을 들라고
앞에 밀어 놓으니
자신의 것이 아니라고
끝내 죽그릇을 들고 계셨다

저승에서도 북에 계시는 어머님

해마다 한식 추석
따뜻한 밥 해드려도
어머님은 가난한 죽그릇에 배어 있는 몸
통일이 되면 어머님의 혼이 내게로 돌아올까

고향의 겨울

겨울이 오니 또 생각이 납니다
난방 없는 집에서 온수 없는 집에서
배고픔까지 합쳐 내가 하던 고생을

서리같은 버캐가 하얗게 벽에 일면
신기한 듯 아기가 달려가
벌겋게 얼어든 손톱으로 긁어내던 집
창문에 낀 두툼한 얼음 우에
글을 써가던 아이들의 놀음이
선히 눈가에 떠오릅니다

추운 방안에
쪼그리고 앉으신 늙으신 부모님
내 떠나온 뒤에도
겨울이면 그 얼음버캐는
어김도 없이 찾아온다지요
눈물방울이 되어 내 가슴을
적셔옵니다.

땔나무 너무 비싸
나뭇가지 몇 가지로
밥만 겨우 해내고

얼어든 방안에서
한숨으로 가슴만 태우던 고향집

따뜻한 난방에 온수며 전기이불
우리가 사는 세상은 후 더워도
내 가슴은 차디찬 겨울입니다
고향의 부모님 생각에
추위에 떠는 모든 북한 사람들 생각에

고향은 언제 대한민국처럼 될까요
겨울이면 어김없이 고향생각에
내 가슴이 함께 얼어듭니다

지겨운 열차여

아버님 돌아가신 슬픈 소식이
해진 저녁에 날아들었소
사는 게 어렵고 떠나는 길 두려워
고향 떠난 후 만나보기 힘들었던 아버님
죽어서 이 아들의 잔이라도 받아보소
겨우 보름 만에 여행증명서 발급받았소

아버님 시신은 이미 나갔을 테지만
이제 아니면 다시 가보기도 힘든 고향
열차에 앉을 자리도 없어
한 쪽 구석에 겨우 쭈그리고 앉았소

열차여 지겨운 열차여
하루 갈 길
보름 만에 도착하니
주머니의 돈은 다 털리었소
아버님께 드릴 소주 한 병도
산 목숨 건지기 위해 팔아버렸소
하마터면 산 자도 묻힐 뻔했소

고향에 들어섰네
술 한 병도 없는 빈손에

아버님 산소에 뭘 부어 드린담?
조카애들 얼굴은 또 어떻게 본담?
형제 볼 면목도 없고
이제 보름 길 또 떠나야 할 텐데
고향형제도 내 신세와 같거늘
내 집으로 떠날 돈은 어디서 마련한담?

정월 대보름 날에

정월 대보름입니다
모두 달을 보며 비나이다
한 해를 보내며 품은 소원을
마음깊이 아뢰입니다

북한에서 살 때 소원은
이밥에 고깃국 먹는 게였습니다.
늘 배고픔에 쫄아든 배
밥 한공기 먹는게 소원이어서
침을 삼키며 달에게 빌었습니다

-달아 달아
정월 대보름달아
내일 아침 자고 깨면
내 앞에 밥 한 공기 내려주렴-

대한민국에 오니
내 소원이 달라졌습니다

-달아 달아
내일 아침 자고 깨면
통일이 되어주렴

북과 남이 모두 한 식구 되어
통일잔치 밥상에 함께 모여주렴–

끼니에 보태지는 것

끼니 지으러 부엌으로 나가실 때
엄마 가슴에서
먼저 끓고 있는 것이 보입니다
애 끓는 한숨소리

알로 세인 듯한 성긴 낟알이
가마에 흘러들 때
또 출렁출렁 소리를 내며
끓고 있는 것이 있습니다
쌀 대신 한 바가지의 물

끼니 끓일 때
군소리 없이 보태지는 것은
한숨 한 바가지에
물 한 바가지씩

3

여인의 독백

지옥에서는

눈을 뜨면 안 된다
두 눈을 꽃잎처럼 활짝 열고
세상을 굽어보면
우리의 눈은 이미 세상과 이별이다

입을 열면 안 된다
뱀의 치 같은 입이 세상을 말하면
혀는 칼끝에 이미 감겨져 있다

우리는 소경 같은 눈으로
보고 있다
벙어리 같은 혀로
말하고 있다
세상은 세상이되
생지옥에 갇혀 있다
그 곳은 사람이 아닌 그림자만 움직이는 곳이니까

원한의 江

강을 건널 땐
강물에 목숨을 먼저 내어 던진다
굶어서 죽으면 어떻고
강을 건너다 총에 맞아 죽으면 어떻고!

모두 목숨을 내어 준다
사품 치는 압록강 물결에
총을 쥔 자들에게

쌀 한 줌과 바꿀 무거운 쇠덩이
몸에 품고 떠났다가
사품 치는 물결이 삼켰다
어느 이름도 없는 떼 동에 걸리면
죽어서도 개죽음 되어
울지도 못하고 묻어 버린다

더는 살기 싫어 떠나던 걸음
총 쥔 자의 눈에 걸려
사정없는 총탄에 만신창이 되었다
恨(한)도 못 남기고 강이 삼켜버린다

장마에 씻기고 씻겨도

죽은 혼백이 떠나지 못하고
진한 피가 강을 적신다
소리내어 울지도 못한다
죽음도 마땅치 않은 세상이어서

압록강아 원한의 강아
이대로 몇 년을 더 흐를 것이냐
20년의 흐름이 적은 것이냐
이대로 살기에 너무 숨이 찬다

아기 엄마

자유를 찾아 떠난 사람들
경비대를 피해 산에 숨었다
그 속엔 세 살 난 아기도 있었다

대열을 앞세워 숨겨주고
미처 따라서지 못한 아기 아빠
경찰이 쏜 총에 맞았다
피 흐르는 가슴 부여잡고 쓰러질 때
그것을 뜨여 본 아기
아빠를 부르며 울음을 터뜨렸다

아기 울음소리 경비대의 귀에 들리면
여섯 목숨 다 잡힌다
아기 엄마 얼른 아기 입을 수건으로 막았다

아빠를 끌고 경비대가 사라지자
엄마는 아기 입에서 손을 뗐다
아기는 불러도 대답이 없다
숨길이 막혀 질식사 당했다

남편도 아기도 다 잃은 여인
견디지 못하고 그 자리에 쓰러졌다

자유, 자유, 자유여
피를 밟고 행진해 가는 자유여!

청춘을 잃었다

江(강)을 건너서니
중국남자가 마중해 왔다
자유를 가지고 싶으면
여자를 내놓으란다

고등도 못 졸업한 만 16세
처녀라 부르기 야속한 나이
그날부터 아줌마가 되었다
청춘을 잃었다

눈물을 머금고 몸부림 쳤다
처녀를 잃지 않으려고
그러면 경찰이 다가왔다
철쇄가 그들을 묶었다

강 건너편에서 들리는 아우성소리
잡혀가면 영영 살아올 수 없는 곳
목숨을 잃기엔 너무 아까운 나이
자유는 헐값이 아니었다
자유 위해 청춘을 버렸다

비극

한 아기는 북한에
또 한 아기는 중국에
또 한 아기는 남한에
어찌 된 일이냐
우리의 비극은

배고파서 팔려온 여인들
몸담을 데 없어 빚어진 사연들
한 몸의 피가 세 곳으로 나뉘었으니
이 어이 통탄할 일 아닌가

가슴이 아프다
배고픔이 남긴 불행한 사연들
세기가 흘러도
잊히지 않을 상처
독재가 준 이 비극

아픈 사랑

떠날 때 철석같이
애인과 약속했다
내가 먼저 떠나가
널 데려오마 기다려라

장마에 불어난 물살과 사투 벌이며
겨우 강 건너에 도착하니
마중하듯이 총구가 다가왔다
자유 찾아 떠난 몸
철쇄에 묶이었다

꼭 기다릴게요 오빠
부디 무사히 강 건너에 도착해요
울며 바래던 그 목소리
귓가에 아직도 쟁쟁히 울리는데

애인아 사랑하는 그대여
날 기다리지 말아다오
언제든지 너라도 다시 떠나서
내 몫까지 다해 자유를 누리라
그 빛나는 자유
언젠가는

내가 있는 철창 가에도 실어다 주렴아

자유를 달라

북송되어가는 감방 안에서
그들은 썼다 심장의 피로
자유를 달라, 통일을 원한다

매 맞아 뼈가 부서지고
피투성이 되어도
마음속의 자유는 꺾이지 않았다
자유, 자유
물처럼, 공기처럼 소중한 자유

맞아 터져도 좋다
열 번을 잡혀도
열 번을 다 일어나 갈 것이다
자유가 있는 그 곳으로
죽어도 갈 것이다
자유를 달라

낙동강가에서

(낙동강 전투에서 희생된 삼촌의 영혼을 그리며)

찐하고 찐한 핏물이
흐르지 못하고 고여 있는 듯
60여년이 지났는데도
아직도 을씨년스러운 강
슬픔의 낙동강아

동족과 동족이 칼을 들어
남에도 상처
북에도 아픔
아무리 울커내고 쥐어짜도
역사는 결코 사라질 수가 없어
그 상처 걷어낼 길 없는 아픔의 강아

아직도 처절한 살점이
뭉텅 뭉텅 떨어져나가는 듯하다
아직도 낭자한 핏물이
강가를 거니는 듯하다
악마의 유혹이
숱한 사람들을 사자 밥으로 만들어버린
원한의 강아

다시 되풀이된다면
그 피비린 냄새에
우리 다시 취한다면
어제 날의 영혼들이
우리를 결박하리라
이제 더는 그것이
우리의 것이 아니기를
더는 우리의 것이 아니기를

아직도 멀었구나

간부면 다 되는 세상이라고
마음속에 간부만 꿈꾸고 있는 세상아
대학공부 실컷 하면 뭐하겠소
통일에 관심 없고
간부에만 관심 있으니

외국 유학 다녀오라 지시하니
한 명도 안 가겠다는 대학생들아
돈도 먹을 것도 국가가 다 주겠대도
머리를 흔드는 사람들아

유학 갔다 외국물 먹으면
우릴 간부로 안 써주오
외국에 다녀온 뒤딱지 문건에 붙어
우리 열심히 한 공부 다 소용없소.

그래서 외국에 나가기 두렵소
오직 간부만이 살 길이요
간부면 다 되는 세상이라
백성 등 긁어 잘살 수 있으니
그것만 살 길로 바라며 살고 있소

참 답답한 세상아
멀고도 멀었구나
삼백만이 굶어죽으며
깨우친 진리가 고작 그것이니
그래야 고작 전기도 없는 어둠 속에
흰쌀도 아닌
목구멍이 까리까리한 옥수수밥이 최고일 테지

아직도 컴컴한 무덤가에서
진리 아닌 진리를 믿고 있으니
언제 깨어날까
통일이면 먹을 것도 입을 것도
회장님도 국회의원도
다 되는 줄 모르는 무지한 사람들아

우리는 알고 있다

우리는 안다
우리가 왜 못 사는지
알면서도 말 못한다

우리는 안다
우리가 왜 하고 싶은 말도
못 하고 사는지

우리는 안다
하고 싶은 말 하면
우리가 어떻게 되는지

우리는 안다
세상이 어떻게 돌고 있는지
잘사는 것과 못사는 것이
무엇과 무엇으로 차이 나는지

우리는 안다
알면서 아무것도 할 수 없는 우리
우리는 철쇄에 묶이어 있다

진리가 아닌 진리

한국 사람들이 나에게 묻는다
그대들이 외치는 만세는
왜 그토록 황홀한가고
자기들이 할 수 없는 일을
북한 사람들은 왜 그토록
절절하게 외쳐대는가를
그게 도대체 진심인가고

어떻게 말해주랴
이기고 사는 사람들에게
지고 사는 사람들의 어리석은 진리를
도탄에 빠져 허덕이는
그 가난한 진리를

굶어죽으면서도 만세를
쇠몽둥이에 맞아 쓰러지면서도 만세를
온 나라가 감옥이어도 만세를
이게 도대체 진리인가
저주받을 놈의 비겁한 진리여

태어나 눈 뜬 날부터
우리가 강요당한 매인 자의 진리

벽에 붙은 한 사람의 초상화를 향해
목숨같이 말하는 무의식의 몸부림
죽는 날까지 외쳐대야 하는 고함을
한국 사람들이 전혀 상상할 수 없는
그 괴상한 외침들을

사정없는 총구가 우리를 겨눈 압박의 진리
매일 매시간 감시당하는 속에서
굶음을 충성으로 바꾼 아둔한 진리
죽으면서도 웃어야 하는 거짓의 진리
한 자에게 주는 영광으로
이천삼백만을 버리게 한 노예의 진리
밝은 세상을 암흑으로 몰아넣은 독재의 진리

가짜란 원래 그렇게 화려한 법
그래서 만천하에 드러나는 법
그것은 고함일 뿐이다
아픔과 분노를 삼킨
병영 안의 빛없는 세상에서
정의를 거꾸로 뒤집은
철면피한 자의 발악의 진리요
무지한 진리요

생활총화

오늘은 또
뭘 자기비판해야 하노
죄진 일 없어도
죄를 무덤처럼 쌓아야 하는 모임
새벽부터 마음이 불편하오
그 놈의 주(週)생활총화 때문에

또 누구를 꼬집어
죄를 만들어야 하노
죄 없는 죄 만들어서라도
남을 꼭 꼬집어야 하니
네 마음 내 마음 다 불편하오
그 놈의 호상비판 때문에

장작 패듯 나를 실컷 두드리다가
남도 실컷 물어뜯어야 하니
너도 나를 배신
나도 너를 배신
사랑하는 마음은 버리고
미워하는 마음만 쌓이게 하니
배신만을 만드는 세상

이렇게 수십 년을 살아오다니
아직도 얼마나 더 이렇게 살아야 되나
이 일을 어찌하오?
이런 난감한 일
세상 어디에 있소?

애 달 픔

– 네 살 된 아기와 금방 젖을 뗀 아기를 집에 가두고 아침 일찍이 장마당을 나온 엄마. 거의 12시간이 지나서 저녁 10시면 집에 들어선다. 전기도 없는 곳에서 "엄마 빨리 와라"를 외쳐대는 아이들의 목소리가 어둠을 타고 멀리서부터 가슴을 후벼댄다.

겨우 달랜 아기를 집에 혼자 가두고
살그머니 문 잠그고
발걸음은 한 치도 못 갔는데
들려온다 문을 허벼대며
엄마를 찾는 아기의 울음소리

가슴이 찢어진다 아가야
그래도 돌릴 수 없다
이 걸음 돌아서 네게로 달리면
너만이 아닌 온 가족의 목숨
그 목숨들은 어찌하라느냐

온 종일 장마당에서 지친 몸
별을 머리에 이고 들어서니
문소리에 성급한 아기의 울음소리
엄마의 봇짐이 내동이쳐진다
하루 종일 아기를 버린 죄진 엄마는
너를 붙안고 엄마 죄를 문초한다

늦은 시간에나마 엄마 품에 안긴 아가야
엄마는 또 저녁밥 지어야겠는데
옷자락 꼭 잡고 놓아주지 않는다
엄마는 지쳐도 너무 지쳤건만
그래도 아기를 들쳐 업는다 포대기 끈 조이며

두 아이를 꼭 껴안는다
이 하루
마지막 시간의 행복까지
지키려 애쓴다

여인의 독백

산골짜기 도로닦이 부역에서
하루 종일토록 고된 노동당하며
여인은 생각한다
아침 끼니는 그럭저럭 때웠는데
저녁은 어찌할까

부역의 짬 시간에
여인은 나물을 캔다
산 등판에 모질게 돋아난
풀이란 풀은 샅샅이 여인의 봇짐에 담긴다

산도 몸부림친다.
나무의 송기는 다 발가벗겨져
소나무들은 말라 죽어가고
풀들도 뿌리 채로 끄집어당겨
형체도 없이 산이 비어간다
말 못하는 산이 소리 없이 죽어간다

올해 다 캐먹고
내년에 뭘 캘까
어두운 밤이 정신을 덮치듯이
캄캄해지는 생각

오늘도 걱정
앞날도 걱정

어떻게 살아가랴 이 세상을
사람을 마르게 하고
강산도 메말라 우니
안타깝기만한 세상
우뚝 떠오르는 생각
이제는 이 몹쓸 놈의 세상을 캐야지

진정한 자유

-내가 와서 처음 만난 탈북자가 나에게 물었다."대한민국에 와서 어떤 것이 가장 눈에 띄게 불만이 있는가?" 철학박사인 그한테 어떤 말이든 해야겠는데 말문이 막혀버렸다 그가 말했다. "대한민국에 와서 10년을 살았는데 결함을 찾아본 적이 없다. 나날이 갈수록 더 좋은 것만 보인다." 라고.

대한민국에 와서 벌써 10년이다
누군가 나에게 묻는다
새 세상에서 살면서
불만을 가져 본 적이 있는가를

아연하다
아직 한 번도 품어보지 못했던 생각이다
나날이 갈수록 자유는 더 기름이 져
마음 속에 순서도 없이 좋은 것만 차고 넘쳐

잠간,
저 길거리 어딘가에서 시위를 외치고 있다
한국 사람들이
안 좋은 무언가를 위해
투정질을 부리고 있다
다름 아닌 민주가 바람을 불고 있다
그것은 인간 옹호의 견실한 노래

내 마음 속에 더 윤택한 자유가
소리치며 마중 오는 순간,

눈 굽이 쩌릿이 젖어든다
시위도 아닌 불평 한 마디에
죄가 될까봐
혀를 악물고 벙어리로 버텼던 어젯날
제정신으로 살면 안 되기에
이미 정신은 떼어버리고
의식 없는 노예로 살았던 삶

민주로 근원을 이루고
자유로 건강한 새 세상
무엇을 항변하랴
무엇을 불만하랴
나날이 살맛이 더해가는 새 세상
그래서 어리광도 많은 자유
우리에겐 불만을 완전히 가셔준 자유

보아라 자유를

아직도 눈감고
세계를 제대로 못 보는 사람들이여
보아라
자유가 얼마나 황홀한지
자유가 얼마나 믿음 있는지

자유에는 먹을 것이 흔하다
자유에는 풍족한 마음이 있다
자유에는 인간향기가 있다
자유에는 끝까지 가는 매혹이 있다

아직도 갈 길을 모르는 사람들이여
보아라 자유를

자유는 모든 것이 절대 값이다
못해 낼 것이 없다
승리만이 있다
누가 끌지 않아도
누구든 알아서 스스로 간다
자유는 영원한 것이다

보아라 세상을

두 눈으로 똑바로 보아라
아직도 굶고 있음은
네가 너무도 못나서이다

내가 사랑했던 조국

내가 사랑했던 조국
그 곳은 거짓이었지
뼈 속까지 검은 탐욕이었지
순진한 백성을 머슴처럼 여기고
탐하는 마음에 거짓을 묻은…….

세상은 요리조리 날 괴롭혔지
짓밟힌 마음에도 인연은 질기여
연연히 끊이지 않으며
실컷 괴롭힘 당했지
그래도 미워할 수 없어
그것이 고향인가 봐
그리고 내 마음인가 봐

버려야 하리
흙탕물 같은 그 세상을
꼭 바꾸어야 하리
새로운 세상으로

그러면 내 마음
편안해질까
아니야

짓밟혔던 상처는 길이 남아
흙물 같은 흔적이 날 괴롭혀
아마도 그 상처는
시간이 흘러도 정화될 수 없는
여전히 나의 것인가 봐

4

달과 고향

고향의 눈물

시간이 흐르면 네가 따뜻해질까
내 마음은 늘 고향에 머물러 있어
네 소식에 초조해지고
네 희망에 내 온 넋이 불타고 있다

어제도 들어온 소식은
네가 아직도 굶음에 졸아들어
어느 식당가에서
남이 먹다 남은 찌꺼기를
마시고 있다고

오늘도 들어온 소식은
죄 없이 네가 잡혀가
어느 감방 안의 어둠 속에서
죽음과 씨름질하고 있다고

고향의 눈물이여
언제면 마를까
기다리는 소식은 늘 불길하고
달라진 것 하나 없으니
세상은 무정하고
세월은 정처 없고

이대로 지쳐 버릴까 두렵구나

그리움

햇살이 비치는 곳은
지금 내가 사는 이곳뿐이 아니겠지
빛은 온 세상을 녹이듯이
유감없이 고루 비칠 건 뻔하지
고루한 빛이
내 고향 한 끝에도 가 있겠지

부는 바람이
지금 내가 서있는
여기서만 오락가락하는 것 아니겠지
세상만물을 움트게 하는 바람의 수고
분명 내 고향 한 끝에서도
우왕좌왕 설레겠지

굵은 장맛비가
지붕을 때리며 내 눈물을 대신 한다
아픈 고향을 두고 떠나온 슬픔
그 때문에 빗살이
후드득후드득 가슴을 적셔댄다
고향의 내 집 지붕에도
촉촉이 적셔주며 내릴 테지

아 그리움이여
세상 속의 그리움이여
내 마음 한 자락은
늘 고향에 박혀있네 말뚝처럼
고향이여
고향이여

나의 詩는

어제도 울었다
나의 시는
오늘도 운다
나의 시는

짤막, 짤막, 길지도 않은 시에
내 분노, 내 슬픔이
토막나듯 쪼개지고
내 마음이 정처 없이 떠돈다

아픔을 그대로 담는 건
시가 아니라고 한다
시의 근본을 잃는다고 한다

하지만 난 어쩔 수 없다
내 마음이 슬픈데
어찌 나의 시가 웃으랴
내 고향 사람들이 아파하고
내 고향 사람들이 죽어 가는데
나의 시는 차마 웃을 수 없어

어제도 울었다

나의 시는
오늘도 운다
나의 시는
통일을 기다리며 울고 있다

달과 고향

달빛이 창문에 쓸어들 때
마음속에 슬픔의 빛이 쓸어든다
미워서 버리고 떠나온 고향이
쓸쓸한 달빛에 내려앉아 있다
나를 힘들게 한다

달빛 속에 무덤이 보인다
가난에 쫓기다 이른 나이에 떠나간 사람들
그들의 魂(혼)이 내 마음에 내려 앉는다
행복에 젖어든 가슴에 슬픔을 덧묻어준다

달빛 속에 저승사자의 쇠사슬이 앙칼지게 걸려 있다
독재가 자유를 죽이는 소리
사랑이 고인 가슴에 증오를 덧묻어준다

고요한 밤 창가에 나를 불러내는 달아
어쩌면 너는 내 마음 속에서
빠져나갈 수 없는 고향의 차단로
행복에 젖어들 때마다 가끔 한 마디씩
고향의 아픔을 들춘다

친구야

내가 떠나 올 때
나에게 힘을 준 친구야
너 지금 어떻게 살고 있느냐

빨리 떠나라고
길이 있다면 자기도 떠나고 싶다고
이 숨막힘을 너라도 덜라고
나를 부추겨 준 친구야

강을 넘어서기 전
빨리 넘어서라고
보위부가 널 따른다고
전화로 연락을 띄워준 친구
너 지금 어떻게 살고 있느냐

네가 걱정스럽다
겨우 벌어들인 장삿짐
별을 단 보안원에게
수시로 단속당해 빼앗기던 너
눈물을 흘리며 하소연하던 너

코에 걸면 코걸이

귀에 걸면 귀걸이가 되어
제목이 없어서 못 빼앗아내는 놈들
그 나라에서 편한 장사 어디 있느냐

보고 싶다 친구야
덜어주고 싶다 네 고통을
언제면 우리 만나게 될까
내 맘 속의 너는
그때처럼 계속 울고 있다
따뜻이 품어주고 싶다

봉선화

꽃이 이사를 왔습니다
저 북녘 땅에서
강을 건널 때
주머니에 넣고 온 씨앗 한 줌
그것이 활짝 꽃잎을 열었습니다

보입니다
그 속에서 고향이
배고픔에 한숨짓던 눈물이
핍박받은 마음의 상처가

그리고 혹시 모릅니다
미움 뒤끝에 뿌리박힌
고향에 대한 사랑일지도

고향에 대한 기억

파릇파릇 움트는 새싹을
허리 굽혀 바라본다
그 속에서 고향의 냄새가 풍겨온다
먹을 것이 없어 봄 싹을 찾아 헤매던
여인들이 떠오른다

산을 유람하다
발굽에 채인 조약돌
그 속에서 고향의 산천이 보인다
돌맹이마냥 차이는
꽃제비 아이들이 떠오른다

행복한 순간들에
문득 문득 떠오르는 기억들
그것들은 추억이 아니다
기막힌 아픔들이다

김장을 담그며

속이 가득 앉은 하얀 김장 배추와
빨갛게 고추로 물든 양념감을 보니
또 가슴이 알알해 납니다
저 북에서 사시는 어머님
그리고 동네사람들과 친구들
김장독을 제대로 채우고 있는지

소금이 부족해 바닷물 길어다
배추포기 아닌 퍼런 겉잎을 절구어
고춧가루 양념은 생각도 못하고
허연 배추를 그대로 김치라 부르는 사람들

올해 김장은 어떻게 하냐고
윗동네 북한에다 소리쳐 물었어요
마주 오는 대답은 또 슬퍼요
어제나 오늘이나 달라진 게 없다고
울먹이며 하소연이 날아왔어요

통일이 되기 전엔
모든 것이 전과 같을 거예요
떠나 온 지 이십년이 되어도
작은 변화도 없는 세상

아무거나 다 마찬가지일 거예요

녹슨 철조망 앞에서

녹슨 철조망에 시선을 주며
내 가슴이 울고 섰소
갈 수도 없고 올 수도 없는
지루한 세월을 통탄하오

남쪽에선 아빠가 울고
북쪽에선 엄마가 울고
두고 온 가족이 못내 그리워
장장 70년을 그렇게 울었소

울다 울다 그 시간이 모자라
하나 둘 세상을 가버리니
남은 것은 타다 남은 재뿐이요
영영 영이별이 되었소

녹슨 철조망에 시선을 주며
내 가슴은 오늘도 울고 섰소
얼만큼 더 기다려야
썩은 밧줄처럼 부서져 나갈까
그 자리에 언제면
기차가 정적을 울릴까
네 어둠에 분노를 실어 보낸다

불빛이여

밤에도 대낮같이 불야성이 휩쓰는 거리
잠시 머리를 돌려보라
어둠이 꽉 쌓인
저 북쪽 하늘 아래를
철저히 굽어보라

반딧불 같은 초롱불 따라가던
옛 시절만큼이나 어둡다
시골 같은 어둠이 꽉 쌓여
세상이 아닌 듯하다

불씨조차 없는 세상아
땅이 어딘지
산이 어딘지
어둠 우에 어둠이 깔려 있어
지구촌 같은 세상이여

더 발전하고 황홀해지는 세계는
네 어둠에 조소를 보낸다

동틀녘의 어둠이다

울고 있다
한반도의 저쪽 땅
그곳에서는

울고 있다
세상의 때를
기다리는 사람들이

강을 못 건너서 울고
강을 건너다 울고
강을 건너서서 울고

지치고 있다
기다리다 못해
지쳐버린 사람들

버려지지 않아서 지치고
버리고 싶어서 지치고
버리고 돌아서서 지치고

그렇게 울고 있다
그렇게 지치고 있다

기다려다오 동포야
동틀녘의 어둠이다

그대는

강을 건너 새로운 곳으로 왔습니다
이곳이면 그대를 잊을 수 있을까
눈먼 사랑이 다시 나를 향해
촛불을 켜고 달려올까
지그시 눈 감고 애태웁니다

시간이 지납니다
새로운 모든 곳의 모든 것들이
꿈을 깨우듯이 나를 불러줍니다
모든 새로운 것이 보배같이
내 마음속에 가득 찼습니다

따뜻함이 나를 껴안아 줍니다
찬란함이 내 앞길을 밝힙니다
새 세상이 나를 감싸줍니다
자유가 나를 지켜줍니다

괴롭혔던 모든 것이
쏙 다 빠져 버렸습니다
단 하나만은
아직도 머뭇거리고 있습니다
그것은 바로 당신입니다

북에 두고 온

사품치는* 강물을 건널 때
가슴에서 뚤렁 떨어져
씻겨버린 줄 알았는데
고스란히 아직도 담겨져 있습니다

세상은 바뀌어도
정(情)만은 바뀔 수 없어
내 안에서 항상
나를 맞이하고 있습니다
그대는
어느 세상에 내가 있든

*물살이 계속 부딪치며 세차게 흐르다라는 의미의 북한말

내 마음

– (북한에서 TV로 한국방송을 봤을 때 나의 정신은 이미 제 정신이 아니었다.
미쳐버렸다. 남조선이라는 새로운 세상에.)

내 마음 속에 잠간 스며든 빛
미워하는 저쪽 세상에서 온 빛
만질 수도 가질 수도 없는데
빛이 쏘인 그 곳을 향해
빛의 속도로 미쳐버린 마음

빛(TV)이 나에게 전해주었지
꽁꽁 숨겨졌던 지상의 천국을
보여주었지 이 세상의 보물고를
저도 몰래 내 마음
실컷 끌려갔지

빛이 스친 그곳을 따라
깊은 계곡의 소리 없는 눈물이 흘러요
가지고 싶은데 가질 수 없는
빛 같은 세상이 우릴 울게 해요
희망이 우릴 미치게 해요

당장 가질 수 없는 그것
떨쳐버리자고

그토록 다짐하는데
왜 자꾸 그대로 담기는 걸까요
인간이 지향하는 그것이
고스란히 담긴 남조선
그것이 지척에서
우릴 울게 해요

정신 차리라고
떨쳐 버리라고
지옥의 사자들이 총칼로 위협해요
그럴수록 점점 더 끌리어 가요
남조선이여 그대의 세상 속으로

이러면 안 되는데 당장은
그래도 끌리어 가요 얄미운 내 마음
나래쳐 가요
새 세상 찾아서 끝도 없이
아. 미치도록 안타까운 내 마음

北으로

바람이 세차게 부는 날이면
바람에 날려 보냅니다
내 마음 구석구석을 오리오리 오려서
돌개바람이 꼭 껴안고
그대로 북으로 불어가기를

썰물이 지는 바닷가에 서면
한껏 떠밀어 보냅니다
눈물인 쩝쩔한 바닷물에
대서양 태평양도 좋지만
지척인 북으로 꼭 가거라
내 마음 한 잎 한 잎
동 동 띄워서

보름날이 오면
환한 달빛에 실어 보냅니다
내 마음 전부를 통째로 실어
손 저어 바랩니다
해 뜨기 전 北으로
어서 넘어 가라고

그믐밤같이 컴컴한 땅에서

작은 반딧불이 초롱불 되기를
작은 불씨가 횃불이 되기를
자꾸 자꾸 실어 보냅니다

내 맘 속에 소중한 대한민국
등대같이 빛나는 대한민국
끝없이 퍼내어 알리고 싶어
남과 북이 함께 몸부림치고 싶어
북으로!
북으로!

5

천국에 살며

등불

남조선 음식도 먹지 말라
그 안에 독약이 있다
남조선 옷도 입지 말라
그걸 입으면 방사선에 노출되어
오래 못살고 죽는다

보지도 말라?
듣지도 말라?
보는 것도 죽는 건 아니겠지
듣는 것도 죽는 것은 아니겠지
몰래 보는 남조선 영화, 드라마
몰래 듣는 소형 라디오
듣고 들을수록
진실이 바로 거기에 있었네

두렵긴 두려운가 보지
희망의 등불이 어디 있는지
진실이 과연 어디 있는지
알긴 아나 보네
북한 인민 모두에게
남조선이 희망의 등대인 줄 아는 모양이지.

아름답다

지하철의 꽉 찬 전철에서
어르신들에게 자리를 내어주는 젊은이들아
아름답다 아낌의 정화
어제 오늘 끝없이 이어지는
도덕의 아름다움이여

배고픈 곳에서
작은 도덕의 양심조차
거품처럼 사라졌던 나
나도 그들을 닮아간다
어르신들에게 자리를 내어준다
순간, 티가 없는 마음속의 깨끗함이
나를 향해 감격해한다
나의 건전함을 과시한다

젊은이들아
지켜보고 있다
초롱초롱한 어린 눈빛들이
훗날 오늘을 사랑해줄
내일 세대의 젊은이들이

이것이 오늘날 젊은이들이

대대손손 후손들을 가르쳐갈
우리들의 삶의 교과서이다
아름다움의 표본이다

행복합니다

가진 돈 없어도 행복합니다
억짜리 집 없어도 행복합니다
그득 그득 재산을 쌓지 않아도
지금의 나는 부럼 없습니다

행복합니다
먹거리가 흔하고 흔해서
하루 삼시 걱정 없이 먹을 수가 있어서
내 마음은 늘 풍족합니다
통통 불러있는 풍선처럼

행복합니다
겨울이 없는 나라
후더운 온기가 늘 감돌고 있어서
사계절이 모두 봄입니다
사람들은 늘 환하게 피여 웃습니다
예쁜 복사꽃처럼
나도 그들 속의 한 사람입니다

행복합니다
마음대로 말할 수가 있어서
우리의 언어가 자유로워서

작은 불평도 사랑해주어서
나의 목소리 늘 우렁찹니다

행복합니다
아픔과 슬픔, 기쁨과 사랑을
모두 함께 나눌 수가 있어서
혼자만이 누리는 복 아니어서
온 국민이 함께 주인이어서
한 사람이 아닌 모두가 즐거운 나라

자유입니다
온기입니다
사랑입니다
웃음입니다
그 모든 것을 다 가져 행복입니다
인간의 세상인 대한민국이
나의 재산입니다
나는 그것을 가진 부자입니다

내가 찾은 조국

한 덩이 식은 밥덩이조차
차례질 수가 없어서
무조건 싫다고 버리고 온 땅
그래도 마음은 아팠지
내 뿌리가 깊고 깊어서
눈물을 적시며 돌아섰지

끝내 굶음으로 돌아가신 아버지
세월에 졸아든 작은 봉분 앞에서
겨우 아뢰었지 혀 아래 소리로
두고 가는 마음이 너무 아파
떨어지지 않는 발걸음
옮겨 짚었지

한 걸음 한 걸음 내짚을 때마다
지나온 추억들이 날 끌어당겼지
날 아껴주던 모교의 스승들
금방까지 속삭이던 내 친구들
고무공처럼 통통 솟구치는 모습들
내 가슴을 때렸지
너는 어디로, 너는 어디로

그 모든 것들이
굶주림의 아픔보다는
덜 유혹하기에
꿋꿋이 내짚었지 죽음도 각오하며
지옥 같은 가난을 떼어 버리자고
목숨 같은 언어의 자유 기어코 누리자고

그렇게 찾아온 조국
늘 우리에게 숨겨져 있었던 조국
찬란하다 그 빛은
봄눈이 녹아들 듯 스며들어
행복을 주고 사랑을 주고
온 세상을 다 준 너
온 몸이 스스로 무너져 버려
흐느끼며 안긴 나의 조국

닦고 닦아 보석 같은 조국
그래도 또 닦아가는 나의 조국
하늘이 웃고
땅이 웃고
오늘도 웃고
내일도 웃는 조국
내가 안긴 대한민국
겨우 찾아 쥔 나의 보석입니다

고마움

우아한 웨딩드레스를 차리고
선녀처럼 사뿐히
예식장에 날아오르는 신부야
너 어젯날의 북한 소녀가 맞느냐

배고픔에 훌쩍이던 눈물의 소녀
고사리 같이 여윈 손으로
풀뿌리 캐던 네가 맞느냐
굶어죽은 부모의 시신을 붙안고
억울한 죽음에 목 놓아 통곡하던
그 불행하던 소녀가 옳으냐

누가 너를 알아볼 수 있으랴
지지리도 못났다고 투덜대던 얼굴
새 세상에서 달덩이처럼 흰해져
한껏 예뻐진 모습
자유가 바꿔놓은 너의 미모를

누가 오늘을 내다 본 적 있으랴
책가방 대신 땅을 훑으며
한글도 채 익히지 못했던 너
상상이나 했으랴

초등 졸업증도 없는 네가
대학 졸업증서를 안고
이 땅에 의젓이 서 있음을

죽음을 각오하고 강을 건널 때
오늘을 알 수 없었던 너
말도 다르고 땅도 다른 중국 땅에서
목숨을 둘 곳이 어딘지를 몰라
향방 없이 쫓기던 너

축복 속에 날아오르는 신부야
너의 얼굴에서 뿌듯한 미소가 철철 감겨 돈다
행복이 당당히 소리치고 있다
너의 높뛰는 숨결에서

그 속에서 고마움이 쾅쾅 울리고 있다
대한민국이 나를 손잡아 주었다
자유민주주의 찬란한 세상이
나를 안아 오늘을 주었다
후세대들까지도 마음 놓고 맡길
나의 영원한 세상을

팔찌

– 대한민국에서의 첫 여행이 제주도 여행이었다. 유리의 성을 지나는 곳에서 '성공 팔찌'라고 쓴 만 원짜리 팔찌가 눈에 안겨왔다. '성공'이 마음에 들었다.

대한민국에 와서
내가 처음으로 쥔 것은
팔찌였다 만 원짜리
그 밑에 씌워져 있는
내 마음을 이끈 '성공'

거기에는 보석이 없었다
인간을 읽는 마음만이 있었다
그래서 내 마음의 전부를
사로잡았다

개인의 성공을
원수처럼 여기던 땅에서
성공을 버려야 했던 나
한 사람의 성공만을 위해
노예처럼 살아온 나

팔찌는
자유였다
성공이었다

나를 부르는 내 마음의
가장 소중한 보물이었다

천국에 살며

천국에서 살며
나는 조금씩 잊어간다
福(복) 속에서 복을 모른다고
내 사는 이 땅이
천국이라는 것을

배고픈 세상을 저주하며
죽음을 각오하고 예까지 왔을 때
지옥에서 천국으로 들어섰다고
목 놓아 울던 일 어제 같은데

어느새 1년이 2년이 되고
2년이 3년이 되었네
어제보다 오늘이 더 좋고
오늘보다 내일이 더 빛날 테니

오늘의 천국도 내 것
내일의 천국도 영원한 내 것
이제는 천국을 잊어버렸소
나도 이젠
진정한 대한민국 국민인가 보다

삶의 공백

돈이 없을 땐
늘 배가 고팠습니다
주린 가난을 돈으로 채우자고
정신없이 돈 밭을 헤맸습니다
돈이 빼곡히 돈 궤에 가득찼습니다
욕심주머니도 함께 불어났습니다

그득그득 불어난 돈이
힘주는 날은 얼마 아닌가 봅니다
삶이 지루해지기 시작했습니다
권태가 온 걸까요
벼락 치듯이 돈 쓰기 시작했습니다
하던 일 모두 집어치우고…

돈 궤가 텅 비었습니다
예전 같은 가난이 또 육박했습니다
다시 삶을 어떻게 채울 까요
육신은 아직도 탄탄한데
세상에 자살로 대답합니다
돈이 사람을 먹어버린 걸 까요
정신의 밑천에 이미 구멍 난 걸까요

소망의 꽃

진달래야
억센 나무들 사이를 비집고 핀 꽃아
수줍은 네 모습이 나를 감동케 하네
살포시 가슴에 젖어드네 네 소망이
당신을 환하게 웃게 하는 거예요
설레게 하는 거예요

벼랑을 타고 오르는
담쟁이 넝쿨아
너도 나를 보며 손을 흔드누나
험난함에도 기어코 솟구치는 네 모습
지나가는 모든 이들에게
기어코 읽게 하는 네 소망
사람들에게 용기를 주고 싶어요

그늘 밑에 피어난 작은 풀잎들이
나에게 말을 건넨다
이름도 모를 깨알 같이 핀 꽃들이
소곤소곤 속삭이네
이 작은 꽃에도 소망이 있어요
한번쯤은 당신이 날 바라보게 하는 거예요

꽃아
내 마음 淨化(정화)시키는 꽃들아
무심히 널 바라보지 않는다
작은 꽃에도
큰 꽃에도
나름대로의 소망이 있으니
내 소망에도 타오르는 불길
늘 저처럼 지지 않고 타오르게

나는 공상을 즐긴다

하늘은 가없이 푸르다
대지는 끝없이 황홀하다
넓고 확 트인 대통로를 걸으며
나는 공상을 즐긴다

반쪽으로 갈라져 슬픈 내 나라
그 나라가 합쳐질 때
얼마나 아름다울 것인가
얼마나 휘황찬란할 것인가
그것이 내 공상의 즐거움이다

행복한 국민이 더 화창해진 얼굴
가난했던 인민이 주름 펴진 얼굴
그것이 합쳐지고 합쳐져
마음의 아픔이 사라질 때
우리의 나라는 얼마나 밝아질 것인가

언제 싸웠던가
화해의 넓은 마음으로
서로 받아주고 믿어주고 이끌어갈 때
거기엔 있으리라
동족상쟁이 더는 없는 대한민국

평화와 공존의 새로운 무기인
민족 대단합의 시대
한 치의 간격도 없을
너와 나로 친숙할 남과 북

그 때는 비로소
남과 북이라는 말이 없어지리라
국호가 하나인 우리의 대한민국
국기도 하나, 애국가도 하나, 국화도 하나
그 하나가 얼마나 위대할 것이냐

상상하기만 해도
내 가슴은 무한히 들먹인다
새록새록 돋아나는 잔디처럼
즐거움이 가득한 마음의 공상
나는 공상을 즐긴다
공상이 나를 향해 다가오고 있다
하나가 꼭 되고야 말 대한민국이
지금 오고 있다

북녘에 핀 무궁화

북녘사람들도 이젠 무궁화를 압니다
어제 날엔 피어난 꽃을 보아도
환호하는 사람이 없었어요
남의 말만 듣고
그 꽃의 진가를 몰랐어요

이제는 알아요
그 꽃이 펼친 놀랍고도 부러운 대 화원을
한강의 기적이 어떻게 창조됐는지
붉은 악마 응원단이 어떻게 생겨났는지
월드컵 4강 신화가 어떤 마음들에 떠받들렸는지
온갖 굴욕 다 이겨내며 어떻게 경제 대국 11위로 부상했
는지

북녘에도 국화가 있습니다
지금에 와서 그걸 국화라고 부르는 이 없습니다
백의민족의 혼이라던 흰 꽃이 이제 다 바래져서
그저 눈물을 만들고 가슴을 울게 합니다

70년이 아닌 만백년이 지나도 우리는 하나입니다
절대 갈라질 수 없는 하나입니다
북녘의 가슴들에 가득찬 무궁화의 향기

이젠 5000만의 가슴과 마음이 합쳐져야 할 때입니다

황당한 북한 이야기

두 개의 詩集 모두는 나 혼자서 쓴 것이 아닙니다. 독재의 칼에 맞아 굶주리며 스러져 가는 북한 인민들이 함께 목 놓아 울며 쓴 글이라고 생각합니다. 헐벗고 굶주리는 그들, 정치의 매에 맞아 스러져 가는 그들이 구원된다면 죽어도 원이 없을 것 같습니다.

김수진(자유기고가)

얼마나 더 자야 깨어날까?

김정일이 죽고 김정은이 금방 올라선 1주기를 맞는 해였다. 나는 원래 직업상 대학생들과 마주할 때가 많았고, 고급한 대학에 다니는 내 주변의 친구들 자녀들이 많아서 그들에게서 북한 대학생들의 실태에 대해서도 들을 때가 많았다. 어느 날 김책공업종합대학에 다니는 친구의 딸인 혜영이가 나를 찾아왔다. 그는 올해 한창 졸업을 맞는 시기였다.

"이모. 올해는 김정은의 새로운 방침이 떨어져서 우리 대학생들을 유학에 많이 나가라네요."

처음 듣는 소리여서 호기심이 발동한 나는 이에 인차 반응했다.

"그래? 주로 어느 나라에?"

"중국에 많이 나가래요."

"좋겠다. 누구는 죽어도 못 가보는 외국인데. 유학이라니? 그래 너도 갈 의향이냐?" "나 정말 가고 싶은데…아니요."

그 애가 시무룩이 대답했다.

"왜?"

나는 의문스러워 물었다. 수재 형에 가까운 그 애네 집은 아버지가 간부이기는 하지만 그리 잘 사는 편에 속하지 못했다. 그 애는 학업에 필요한 부담을 본인 스스로 걸머지고 밤이면 평양시내에 나가 인조고기 밥장사를 하며 공부하고 있었다.

"우리 학교엔 올해 한 명도 신청한 졸업생이 없어요. 모두 간부를 하자면 이력문건이 깨끗해야 하는데 외국에 나갔다 오면 벌써 간부 등용이 걸리잖아요. 자본주의 물을 먹었다고. 대학 공부하는 게 기술을 써먹자는 건 아니잖아요. 기술을 써먹을 취직자리나 있나요? 우리 학급만 봐도 다 간부 자녀들인데 그들부터 반기를 들고 나섰으니 가고 싶은 사람도 창피해서 말 못할 처지에요. 일부러 외국물 먹으러 가려는 사람처럼 말이에요."

그 말을 들은 지 며칠이 지나서 아들이 김책공대에 다니는 내 가장 친한 친구가 찾아왔다. 내가 물었다.

"요즘 네 아들 다니는 김책공업대학에서 김정은의 유학방침이 떨어졌다면서?"

"방침이 떨어지면 어떻고 아니면 어떻고, 난 아들 유학 보내

고픈 생각 없어. 거기 갔다 오면 귀이 키운 아들, 딱지가 붙어서 간부를 못하잖아. 그 애 목표가 道黨(도당)급의 간부가 되는 건데…"

내가 웃었다.

"어쩌면 그렇게 한결 같으냐? 너의 아들이랑 순영이 딸이랑."

친구가 말했다.

"요즘 해먹을 일이 있니? 조금 공부했거나 돈 있는 사람들은 간부 추세잖아? 공부 안한 놈도 뒤가 걸리는 게 없으면 간부하겠다고 나대는 판에 애써 공부해가지고 일부러 문건에 얼룩 지울 일은 왜 하게?"

그렇다. 북한인들 속에서 가만히 앉아서도 허세를 부리며 잘 살 수 있는 사람들은 간부들이다. 그런데 요즘 간부들은 그리 신통치 않은데도 권세주의를 사랑하고 있는 게 참 기가 막히다. 깨어나자면 멀었다는 생각에 머리가 아찔했다.

사범대학 합격자 발표장의 대성통곡

북한에서 중앙급 대학은 특수한 경우를 내놓고 주로 대부분 道(도) 1고등을 졸업한 秀才(수재)로 꼽히는 학생들로 추천이 많이 이루어진다. 간부 자식이라도 중앙급의 대학은 수재형이 아니면 따라다니기 힘들다고 거부한다. 혹여 돈이 있어서 죽기 내기로 들이밀었다가도 학업에 따라 못가면 스스로 그만두는 학생들도 가끔 있다. 그러므로 공부를 해야 또 다시 부모의 뒤를 이어 간부가 되겠는데 머리가 따라서지 못하는 간부 자녀들이 가장 선호하는 대학이 사범대학이며 일반대학에서도 지망자가 가장 많다.

2012년 ×사범대학 시험 발표장 앞에서 대성통곡이 일어났다. 3월 20일경에 발표했는데 합격자 명단을 보겠다고 새벽부터 사람들이 몰려와서 기다렸다. 학교 측은 9시가 되어서야 명단을 종이에 먹으로 써서 학교 게시판에 내다 붙였다. 명단이 나붙자 떨어진 수험 응시자들뿐만 아니라 그들의 부모 친척들 속에서 집단 통곡이 일어났다. 학교 역사상 이 해만큼 사범대학 경쟁률이 높았던 적이 없었다고 한다.

그 때 학교에 붙은 학생과 얘기할 기회가 있어서 알게 되었다. 그 애의 아버지는 道 계획 위원회에서 높은 직급에 있고 외국에도 많이 다녀오는 사람이었는데 자기는 100달러 두 장을 넣고 붙었다고 했다. 100달러 세 장 내지 네 장으로 붙은 애들이 많다고 했다. 그 해의 100달러 두 장이면 쌀 220kg의 값이었던 것으로 기억된다.

훗날 그 애를 다시 만나는 기회가 있어서 학교에 대한 얘기가 오고 갔다. 그 애가 하는 말이 사범대학교 학생의 80퍼센트가 혁명역사 학부 지망생이라고 한다. 왜 그렇냐고 물었더니 학교에 들어온 건 거의 간부 자녀들인데 그들은 자연 과목에는 흥미가 없다. 우리가 그걸 배워서 뭘 하겠는가. 우리는 간부 지망자들이니 자연과목을 배울 이유가 없다고 하더라는 것이다. 그 애도 물론 혁명역사 학부이다. 그러니 실질적으로 공부를 잘해서 입학한 애들, 그렇지만 힘 없는 노동자의 자식들이 거의 자연과목 학부가 차례지고, 그들이야말로 학교의 순수한 목적에 따라

미래를 살아갈 사람들이었다.

그 해뿐만 아니라 그 다음 해 역시 같았고 지금도 역시 한결같다. 간부 등용에 가장 맞는 대학이 사범대학이다. 생산물이 없고, 쌀이 없고, 일해도 먹여주지 않는 사회에서 사람들의 思考(사고)는 내가 너를 벗겨먹고 살겠다는 양육강식의 방법으로 돌아간다.

幹部(간부) 하기도 무서운 세상

내가 사회생활에 첫발을 디뎠을 때부터 거의 20여 년 세월을 살아가며 아껴주며 가깝던 친구의 얘기이다. 어느 날 친구가 찾아왔다. 그의 얼굴은 까맣게 타들어 가고 있었다. 그의 남편은 어느 구역당의 부장이었다. 시아버지 때부터 구역 안에서 큰 간부로 일하다가 돌아갔고 그의 남편 역시 성실한 사람이어서 어디 가나 그 사람의 칭찬이 자자했다. 그는 원래 있던 구역 黨(당)에서 과장으로 일하면서 책임비서가 크게 아끼고 믿던 사람이었는데 어느 날 갑자기 道黨(도당)에서 담화가 이루어지더니 인접 구역의 다른 구역당의 부장으로 승진되어갔다. 그 때부터 그 사람에게 문제가 생기기 시작했다.

사연인즉 이렇다. 黨기관 안에서 간부들이 장군님께 드리는 선물이라면서 경쟁적으로 건물을 하나씩 맡아서 짓는 사업이 벌어졌다. 물론 우리 구역도 마찬가지이다. 어디 가나 죽음이 난무하는데도 그놈의 아첨적인 충성경쟁은 바람 잘 날 없다. 자재도 없는 형편에 초라한 건설이 계속 진행된다. 인민들은 배고프고 힘들어서 죽을 판인데 계속 끌리어 다니며 동원되고 또 거기에 부담되는 철근으로부터 벽돌, 기초돌. 블로크, 시멘트 등 모든 것을 개인 세대들의 부담으로 떨군다.

그곳 구역당도 마찬가지였다. 그 사람한테 한 개 문화시설을 꾸릴 데 대한 과업이 분담되었다. 책임비서는 매일 아침 책임에 대한 질문을 들이대고 건설의 진척에 대해 알아보는데 자재가 없으니 방향이 서지 않았다. 국가가 자재를 전혀 대주지 않는 조건에서 부장이 자재부터 모든 것을 책임지고 해야 했다. 헐치 않았다. 매일 책임비서의 질책이 들어왔다. 다른 부장들은 다 자기 할 바를 하는데 맹물단지라는 등 비난이 쏟아지기 시작했다. 그곳은 그가 바탕이 없다고 할 정도로 생소한 고장이었다.

금방 온 사람이 새로운 고장에서 아직 아래 단위와도 익숙지 못한데 이런 큰 사업이 맡겨지고 말밥에 오르기 시작하니 어찌할 바를 몰랐다. 건설비란 아래 단위에서 뜯어내라는 것인데 그 아래 단위란 인민들의 주머니를 벗겨내라는 것이었다. 발이 닳도록 뛰어다니는데 진척되지 않았다. 黨기관 안에서 비판의 대상이 되기 시작했다. 할 수 없이 장마당에 나가 외상으로 물어다가 그 큰 건설에 밀어 넣었다. 돈은 없는데 사업성과를 내자니 어쩔 수가 없었다.

며칠 후부터 장사꾼들이 자재를 걷어간 돈을 받으려고 구역당 청사에 밀려들기 시작했다. 난감하기 시작했다. 그것이 또 발발이 되어 책임비서의 귀에 들어가고 문제가 문제를 낳았다. 그 큰 돈을 밀어 넣을 방도가 없자 할 수 없이 어느 돈 많은 사람의 돈을 꾸어서 메워 넣고 결국은 그것이 또 일을 키웠다. 할 수 없이 자기가 타던 자전거, 친구가 타던 자전거, 텔레비전 등 있는 것은 다 팔아넘겼다. 그래도 문제는 해결될 수 없었다. 결국은 그 일로 부장자리에서도 쫓겨나고 말았다.

친구는 울면서 하소했지만 나는 위로할 한 마디의 말도 떠오르지 않았다. 위로를 하자면 사회의 허위성을 강조해야겠는데 그것도 말할 수 없는 일이어서 같이 울어줄 수밖에 없었다.

하루 종일 책상머리에 앉아서 인민들의 돈주머니를 어떻게 하면 더 졸라낼 것인가를 연구하고 그 실행을 잘하는 사람이 충신간부이다. 그것만 잘하면 제 배도 채우고 국가의 배도 채울 수 있으니 말이다. 간부를 하고 싶으면서도 간부하기가 무서운 세상이기도 하다.

한국상품 배척해도 인기 높아

2011년도. 김정일이 죽기 직전의 일이다. 어느 날 김정일이 중앙당 간부들에게 물어보았다고 한다. 우리 인민들이 제일 좋아하는 나라의 상품이 어느 나라 상품인가고? 어느 아첨쟁이가 모르쇠를 내며 "중국 상품입니다." 하고 말했다. 그러자 최룡해가 나서서 그것이 아니라고 했다.

"다름 아닌 남조선 상품입니다." 하고.

그러자 김정일의 눈에서 즉시 불을 뿜기 시작했다.

"당장 남조선 상품 배척투쟁을 벌이시오."

이것은 그냥 흘러가는 얘기가 아니고 당 비서가 강연회 시간에 한 방침침투의 한 대목이다.

다음날로 남조선 상품 배척투쟁을 벌일 데 대한 지시가 급작스레 떨어졌다. 장마당에는 비(非) 사회주의 그루빠(非사회주의적 요소의 척결을 내세우는 감찰조직)들이 깔리기 시작했다. 남조선 상품을 팔던 사람들이 벌벌 떨기 시작했다. 화장품 매장에서는 거의 남조선 화장품을 감춰놓고 팔고 있었다. 그들의 매장을 불의에 기습하는 타격대가 나타났다. 타격대들은 남조선 상품만 빼앗는 것이 아니라 그들의 상품 전부를 차에 걸어 싣고 사라졌다.

장마당에서 화장품 장사를 하던 사촌동생이 기가 막혀 우리 집으로 뛰어들어 울면서 하소했다. 내가 나서서 찾아오기는 했지만 상품손실이 거의 50%였다. 강도 같은 타격대가 좋은 상품은 다 골라 잡아내고나니 값이 싼 상품들만 남았다.

울분이 터지는 일이지만 매일같이 일어나는 일이라 뜯기며 사는 것이 북한인민들의 타고난 인생이다. 그리고도 분노를 터뜨리지 못한다. 김정일의 방침 관철이라는 일종의 위대한 사업이니까.

내가 아는 한 언니는 전문 개성공업단지에 가서 남조선 상품을 차로 도매해 오는 장사꾼이었다. 그가 한 번씩 갔다 오면 나에게 연락이 왔다. 초코파이를 넘기는 값으로 사먹으라는 것이었다. 값이 싸서 괜찮았고 처음으로 그 맛을 볼 때는 세상에서 가장 멋진 음식을 먹는 기분이었다. 그것조차도 많지 않아 가까운 사람들에게만 연락해 왔다.

그때 그가 가져온 한국 그릇들에 많은 호기심을 가졌다. 돈

있는 사람들과 딸을 시집보내야 하는 집들에서 관심이 많았고 많이 사갔다. 자동차로 날아오는데도 항상 수요 부족이었다. 그가 개성에 들어가기 전에 이미 주문이 꽉 찬다고 자랑을 하던 기억이 난다.

한때의 장사로 망해서 고생이 많던 그가 군복무 나간 아들이 다행히도 개성 쪽으로 들어서는 도로 경비대로 나가면서 장사하기 시작해서 급속도로 일어났다. 그러던 그가 방침이 떨어진 상태에서 떠났다가 몽땅 무상 몰수당했다. 아들을 내세워 찾으려고 노력해도 될 수가 없었다. 일단 잡힌 물건은 찾기 어려웠다. 그가 눈물을 좔좔 흘리며 울던 생각이 난다.

그래도 인민들은 방침에는 관계없이 한국 상품에 대한 수요가 굉장했다. 김책공대에 다니던 내 친구의 딸이 평양의 어느 시장 중고품 매대에서 한국 중고 대학생복을 사 입고 너무 멋있다고 자랑하러 나한테 왔던 일도 기억이 난다. 그가 하는 말이 간부들 자식들이 한국 물품에 대한 수요가 더 높다고 했다. 그들은 한국 물품이라면 작은 볼펜 하나라도 마치 보석이나 되는 것처럼 자랑하며 주변에서는 신기해서 만져보며 야단법석이라는 것이다.

통제하면 할수록 더 관심이 가는 것이 인간의 본능이다. 한국 물품이라면 누구나 다 부러워하고 전국적으로 볼 때 한국 물품에 대한 수요는 평양사람들이 가장 많은 것으로 알고 있다. 한국에 온 한 탈북자의 얘기를 들으니 평양의 한 간부가 직접적으로 한국에 밥 가마를 부탁해왔다고 한다. 김정일의 방침으로 한국 상품 배척투쟁은 일어나도 보다 발전된 것을 지향해 가는 인간의 본능의 불길은 절대로 꺼질 수가 없다.

국가의 이름으로 벌인 날강도 짓

어느 날 출근길에 자전거를 복도에 내세우는데 아침 일찍 떠나가는 통근자인 옆집 제대군인 대학생이 복도로 걸어들었다. 그의 엄마가 뛰어나왔다.

"너 일찍이 학교에 떠나간 애가 어쩐 일이냐? 자전거는 어쩌구?"

대낮에도 자전거 강도가 많은 때여서 그의 엄마가 자전거 없이 뛰어든 아들을 보며 死色(사색)이 되어 앞질러 물었다. 제대군인은 얼굴이 빨개가지고 말을 잇지 못했다. 엄마가 자꾸 재촉해서야 그는 말을 뗐다. 사정은 이랬다. 통근차가 있으나 전기사정으로 뛰는 날이 적었고 차가 불량해서 궤도에서 미끄러져 내릴 때가 많아 통근에 지장이 많았다. 거의 모든 대부분의 통근생들은 차를 믿지 않고 자전거로 달렸다.

대학생은 아침 6시에 도시락과 가방을 싸들고 자전거를 꺼내타고 학교로 향했다. 북한의 도로들은 자동차 길도 변변치 못한데 아스팔트가 되어있지 못한 人道(인도)는 말할 수 없이 한심하다. 자전거는 인도로 달려야 했는데 쩐득쩐득 달라붙는 진흙탕 길에 빨리 달릴 수도 없고 타이어도 견디지 못해 주로에서 바퀴가 터져나가기 일쑤이다.

자전거 통근자들은 차가 많지도 않은데다가 새벽에는 차가 달리지 않는 조건을 이용하여 도로를 이용하기 시작한다. 아침

7시까지는 교통안전원들도 나오지 않는 시간이므로 어렵지 않게 달리기 시작하다가 교통안전원이 나오기 시작하면 스스로 비켜선다. 그러다가 만약 들키면 5000원(쌀 3kg 값) 벌금을 당한다. 그런데 오늘 아침은 어두운 새벽에 7시가 되기 전부터 교통 안전원뿐만 아니라 일반 보안원들까지 단속대가 쭉 깔려있었다고 한다. 새벽도로를 달리던 통근자들이 무리로 단속되었다. 이상기후 현상 같은 일이어서 모두 어안이 벙벙해 있는데 교통안전원이 말했다. "오늘 회수한 자전거는 모두 그 누구도 찾을 수 없다. 각오하라!"

그리고는 그 자전거 전부를 차에 빼곡히 싣고 달아났다. 제대군인 대학생은 학교에 못가고 자전거만 빼앗기고 집으로 쫓겨오는 신세가 되었다. 나도, 그 제대군인의 엄마도 너무 기가 막혀 할 말을 잃었다. 그의 엄마는 치가 떨려 부들부들 떨었다. 아버지도 없는 그들 母子(모자)는 그 시간부터 자전거를 찾기 위해 아는 간부들도 내세우고 별의별 방법을 다 시도했지만 자전거를 끝내 찾을 수 없었다.

며칠 후 시내에 그 자전거에 대한 소문이 파다하게 퍼졌다. 며칠 동안을 그런 방식으로 자전거를 무상 몰수한 국가는 그것으로 사과밭 건설에 나간 돌격대 건설에 지원으로 넘겼다고 한다. 굶주리고 헐벗은 돌격대가 아우성치고 있으니 그것에 대한 보상을 할 수가 없어서 그 방법을 연구했다고 한다.

자전거 한 대가 얼마나 비싼데. 가정집들에서 자전거 한 대를 마련하려면 몇 년을 걸릴지 알 수 없다. 백 달러 한 장과 맞먹는 자전거를 하루아침에 빼앗겼으니 그 심정이 오죽할까? 북한에서 백 달러 한 장이면 끔찍한 돈이다. 그걸 날 것으로 삼키는 강도가 하루아침에 나타나 말 한 마디 건네지 않고 빼앗아 갔으니 이런 날강도 같은 세상이 세계 도처 어디에 있단 말인가. 북한에서만이 있을 수 있는 일이다.

그런데 이것은 지금 日常(일상)의 일로 되어가고 있다. 그 때 한 번뿐이 아니었다. 그 후에도 계속 되었다. 마음 놓고 살래야 살 수 없는 세상이다. 그 제대군인 대학생은 그 후 끝내 학교에 다닐 형편이 못되어 1년도 못 다니고 그만두었다. 열일곱 살에 중학교를 졸업하고 만기 10년 군사복무를 하고 돌아왔건만 조국을 지킨 보람은 아무 것도 없고 이처럼 형편없는 시국을 감수하자니 마음만 아프고 앞길이 캄캄했을 것이다.

없는 죄를 만들어 돈을 빼앗다

몇 년 전 어느 날 오전 11시경에 있은 일이다. 직장까지 가는 길은 자전거로 30분 거리였다. 아침에 출근했다가 아이가 앓아서 빨리 집으로 들어오고 있었다. 나는 법적규율에 항상 철저했다. 하지 말아야 하는 일이라면 책처럼 지켰다. 단속되어서 좋은 일이란 아무 것도 없다. 마음만 잘 다잡으면 죄를 지을 일이 없다. 안할 짓을 해서 법의 걸음을 걸어야 하고 벌금내야 하고. 나는 이런 곤란한 환경을 스스로 만들 정도로 대담하지 못했던 것 같다. 그러기에 별일 없는 날에도 자전거로 절대 車 도로에 나선 적이 없었다.

그날도 역시 도로에 들어서지 않았다. 큰 도로를 내놓고 소도로 옆 구석은 누구나 자전거로 달릴 수 있었다. 소도로는 단속 구역으로 될 수 없었다. 큰 도로를 벗어나 시골길 같은 소 도로에 들어섰는데 버드나무 짬에 서있던 한 사람이 호각을 불어댔다. 가까이 가보니 아는 보안원이었다. 난감해 하는 것 같았다.

어쨌든 내 눈길과 마주쳤으니 자전거에서 내렸다. 왜 단속하느냐고 물었다. 이미 거기에는 나와 같은 많은 사람들이 보안원 앞에 서 있었다. 도로를 달렸기 때문에 단속했다는 것이었다. 내가 다시 물었다. 여기는 단속도로가 아니지 않는가? 하루 종일토록 세도 차가 몇 개 지나지 않는 이런 길도 단속이 되냐고 되짚어 물었다. 서있는 모든 사람들의 눈빛도 역시 나와 같았다. 나는 바쁜 사람이어서 또 물었다. 도대체 벌금이 얼마냐고? 천원 내라는 것이었다. 지갑을 열어 돈을 내밀었다. 훗날 그 보안원이 내가 일하는 곳에 왔다. 그가 먼저 알아보고 나에게 웃으며 다가 오더니 그 때는 미안했다고 혀 아래 소리로 우물거렸다.

"사실 나도 어쩔 수가 없었소. 보안성에서 맡은 대상건설에 현금으로 지원하라는데 어쩔 도리가 없었소. 돈이 인민들의 주머니를 뒤지지 않으면 어디에서 나오갔소? 할 수 없이 우리 보안서에서 매일 한 사람씩 나가서 그 골목을 단속해서 받은 벌금으로 대상건설에 쓰기로 합의한 거요. 나는 그날 쪽 팔려서 혼이 났소. 없는 죄를 만들어서 돈을 빼앗아 내자니…."

나는 어처구니도 없고 그 보안원이 가엾기도 했다. 그런데 더 가관인 것은 보안서가 그 후부터 아예 그 곳을 점령하다시피 나선 것이다. 그런데다가 그곳에는 키가 작은 능수버들이 늘어져 있어서 보안원이 그 안쪽에 숨어 있다가 지나가는 사람들을 단속하는 것이 더 기가 막혔다.

사람들은 보안원이 없는 줄 알고 자전거를 달리다가 단속당하는 것이다. 이게 우리식 사회주의라고 하는 북한의 현실이다. 이제는 이런 일들을 식은 죽 먹기로 해치우며 떳떳한 일처리로 여기는 상황이다.

사용하지 않는 쓰레기장

북한은 암만 보아야 내용은 개뿔도 없고 형식주의를 자랑하는 나라이다. 다시 말해 사회주의가 빈껍데기인 것처럼 역시 겉과 내용은 규제불능이다. 1년에 한 번씩, 특히 봄날이면 시내는 쓰레기장 改建(개건) 때문에 미칠 지경이다. 겨울이면 그 놈의 쓰레기장이 얼었다 녹았다 하면서 사용도 안하는데 좌우간 애를 태운다. 해마다 그 쓰레기장 개건에 드는 비용 때문에 머리를 앓는다. 쓰레기장이란, 말 자체로 쓰레기를 버리는 곳일 것이다. 하지만 우리 동네의 쓰레기장은 이름만 쓰레기장이라고 붙여 놓았지 사실 곱다랗게 지어놓고 색칠까지 해놓고 쓰레기를 버리지 못하게 사람이 경비까지 서고 있다.

모두 쓰레기를 들고 와서 사용 불가능한 쓰레기장을 왜 지어놓았는가고 항의했다. 그러자 지구 반장이 나와서 사정을 설명했다. 당의 방침이라 어쩔 수 없이 지어놓았고 이걸 도, 시, 군에서 간부들이 검열을 내려오니 할 수 없이 지어야 한다. 그리고 항상 깨끗해야 하기 때문에 경비자까지 사서 관리를 해야 한다고 했다. 그 돈도 주민들의 주머니를 뒤져서 부담했다. 이걸 도대체 어떻게 설명해야 한국 사람들이 이해할지 난감하다.

도로 빼앗아간 배급

북한은 아침에 직장에 출근하면 출근부라는 책에 도장을 찍어야 한다. 그런데 하도 배급을 안주니 모두 출근부에 관심이 없었다. 출근해도 그만, 안 해도 그만, 도장 찍는 것조차 잊어버렸다. 출근부란 배급을 타기 위해서 필요한 유일한 물건이니까.

그러던 어느 날 몇 년 만에 옥수수 6kg을 배급으로 내주었다. 오랫 만에 타는 배급이라 모두 입이 커지고 기쁨을 감추지 못했다. 그런데 다음날 폭풍이 일었다. 어제 탄 배급을 도로 국가에 반납하라는 슈(令)이 떨어졌다는 것이다. 책임자가 설명했다. 어제 배급을 주고 인민위원회 검열부에서 갑자기 쳐들어와 출근부 검열을 했다는 것이었다.

모두 하나 같이 도장을 찍지 않았으므로 출근하지 않은 걸로 친다면서 월급과 금방 탄 옥수수 6kg을 도로 배급소에 내다 바치라는 것이었다. 우리는 사실 그 날 아침도 출근부에 도장을 찍지 않은 상태였는데 모두 화들짝 놀랐다.

세상에 이런 일도 있는가. 누군가 너무 기가 막혀서 책임자에게 말했던 생각이 난다. 우리가 거의 20년을 배급을 못 타면서 일한 그 숱한 대가는 뭐로 지불할 거냐고. 우리의 책임자도 너무 어처구니가 없어서 "헛 참! 헛 참!"하고 곱씹기만 했다. 우리는 배급은 물론 몇 달간의 생활비까지 말끔히 잘리어 나갔다.

지금도 생각해보면 몇 년 만에 한번 준 배급을 다시 끌어내오며 어두운 낯빛의 동료들 모습이 선하다.

개인 땅의 수확도 다 빼앗아가

내 먼 친척이 시내 가까운 농장에서 일하고 있었다. 그가 봄 어느 날 種子(종자)를 사야겠는데 돈이 없다고 돈 좀 꾸어달라고 왔다. 강냉이 종자 1킬로와 감자 종자를 播種(파종)할 준비를 해야 한다는 것이다. 나는 밭도 없는 너희들이 파종은 웬 파종이냐고 물었다. 올해 위에서부터 조치가 새로 내려서 농장원들에게 개인 농사할 수 있는 땅을 조금씩 주었다는 것이었다. 얼마 되지 않는 돈이어서 가을에 갚기로 하고 꾸어주었다.

가을이 되었다. 어느 날 그가 다시 나한테 왔다. 먹을 것이 없어서 아이들이 굶는다는 것이었다. 땅까지 받아서 농사지은 낟알은 다 어쨌느냐고 물었다. 올해 거기에다가 기대를 걸고 애써 알뜰히 농사를 지어놓았더니 그 낟알을 한 알도 안 남기고 농장에서 다 걷어갔다는 것이었다. 나는 거짓말인 줄 알았다. 살기힘드니 그 돈 갚기가 싫어서 그런다고 생각했다.

훗날 내가 알고 있는 농장 관리부위원장에게 물어보니 옳다는 것이었다. 내가 아는 농장 원들도 한결같이 억울해하면서 눈물을 흘렸다. 너무 기가 차서 세상에 그런 법이 어디 있느냐고 물었더니 자기네 농장뿐만 아니라 전국의 모든 농장들이 다 같은 사정이었다는 것이었다. 군량미가 모자라 할 수 없이 취한 조치라는 것이었다. 어디 가나 현실은 눈이 감길 정도로 비참하다. 아기들을 키우는 그들 부부는 분배도 없는 긴 한 해를 눈물로 살았다.

도청기 사건

어느 날 한 직장에서 일하는 젊은 친구와 함께 둘이서 농촌 지원을 나갔다. 우리 직장은 매일 일감이 있어서 농촌지원에 다 나갈 수는 없고 매일 두 명씩 엇바꾸어 나가기로 했다. 그날은 그 친구와 내 차례였다. 내 집과도 가까이 있어 짝을 짓기로 조직되었다. 긴 거리를 다니며 종일 벼 모를 나르는 작업이었다. 대신 우리는 무거운 벼 모를 대야에 담아 머리에 이고 먼 거리를 이야기를 나누며 오고 갔다. 그러니 한결 쉬웠다. 그날 그 친구에게서 들은 이야기이다.

친구는 금방 결혼한 새색시인데 남편이 바다에 나가 고기 잡는 배꾼이었다. 몇 달 전에 그의 남편은 먼 바다 작업에 나갔다. 러시아 바다의 인접에서 일하던 어느 날 배는 남의 바다를 침범했다는 이유로 러시아 海警(해경)에게 잡혀갔다. 시내에 소문이 파다했다. 그들을 데려와야겠는데 사업소가 벌금을 물 돈이 없어서 석 달째 데려오지 못한다는 것은 이미 들었고 그의 걱정이 이만저만이 아니었다.

그런데 그저께 남편이 러시아에서 돌아왔고 집에 와서 하룻밤 잤는데 다음날 큰 일이 나서 자기랑 모든 배꾼들의 가족이 몽땅 보위부에 끌리어 나갔다는 것이었다. 그는 이것은 비밀인데 나만이 알고 있으라고 했다. 사연인즉 이랬다.

그날 석 달 만에 집에 돌아와 하룻밤을 자고 그 다음날로 아침에 출근했는데 담당보위원이 나타나 현재 입고 있는 옷옷을 다 벗으라는 것이었다. 모두 긴장되었다. 영문을 모르지만 상급이 벗으라니 선장을 비롯한 전원이 모두 벗었다. 옷을 벗어 놓자 보위원이 그들의 호주머니를 샅샅이 뒤져내더니 담배꽁초만한 작은 물건을 꺼내더라는 것이었다. 모두 깜짝 놀랐다. 그 물건을 가져가더니 그 다음에는 가족들을 한 사람도 빠짐없이, 심지어 학교에 공부하러간 아이들까지도 다 집에 가서 데려 내오라는 지시가 떨어졌다.

모두 숨가쁘게 집으로 뛰어가 가족들을 끌고 나왔다. 정말 단한 사람도 남김없이, 아이들까지 다 모였다. 그때부터 한 가족씩 끌려들어가기 시작했다. 그 작은 물건이 소형녹음기였던 것이다. 그들은 끌려온 가족들을 한 사람씩 따로 마주하고 심지어여섯 살 난 어린아이에게까지 집에서 아버지가 무슨 말을 했는가를 따지기 시작했다. 정확한 얘기가 나오지 않으면 녹음기를틀어놓고 야단을 쳐댔다.

한 사람은 애가 둘이 달린 사람이었는데 평시에 아내와의 사이가 좋지 못했다. 그동안 폭신한 침대에서 고급생활에 그 러시아 여자 간호사가 참 살뜰하다는 말을 한 것이 녹음기에서 울려나왔다. 또 어떤 사람은 그동안 아버지를 못 본 아이들이 걱정이 되어 식사는 뭘 했는가고 묻는 물음에 러시아의 고급한 빵을먹으며 잘 지냈다는 말을 한 것이 죄가 되었다. 그 친구부부는신혼이라 이불 속에서 소곤거린 말까지 다 걸려 나왔다. 두 사람이 각성되지 못하고 누설했다는 죄로 배에서 쫓겨났으며 '노동단련대'라는 곳에 끌려갔다. 그야말로 황당무계한 사건이었다. 그 말을 하면서 그 친구는 별 말도 안했는데 끔찍하다고 부들부들 떨었다.

그들이 러시아에서 돌아오자 보위부는 그들이 외출복을 벗어 놓은 탈의함을 뒤져 매 사람들의 옷에 본인도 모르게 소형 도청기를 넣어두었던 것이다.

나의 집에서도 그와 비슷한 사건이 있었다. 어느 날 보위원이 아버지를 찾아 직장에 왔다. 아버지의 가까운 친구도 아니고 좀 아는 친구인데 그 집에 염탐을 좀 갔다 오라는 것이었다. 그 사람의 형이 지금 중국에서 방문을 왔는데 그들이 무슨 말을 주고받는가를 알아오라는 것이었다. 안하겠다고 반항하면 반동으로 몰리는 판이라 아버지는 순순히 갔다가 왔다.

저녁에 보위원이 다시 찾아왔다. 뭘 좀 건어쥔 것이 있냐고 묻는 말에 아버지는 별 말을 한 것이 없다고 말했다. 그러자 보위원에 아버지의 웃옷 깃에서 작은 도청기를 잡아채내더라는 것이었다. 도청기에서 말이 흘러나오기 시작했다. 보위원이 아직도 그들이 한 말이 없느냐고 호령질을 하고 가버렸다. 훗날 아버지는 그 자가 어느 새 양복에다 그 따위 짓을 했는지 모르겠다는 것이었다. 이런 황당한 사건들을 쓰자면 셀 수 없이 많다.

북한도 언제면 한국 같은 세상으로 바뀔까?

한국에 와서 먹고 쓰고 사는 것이 풍족해서도 좋지만 그보다 더 좋은 것이 있다. 그것은 바로 인간 구속이 없는 나라여서 발

편잠을 잘 수 있어서 좋다. 북한에 있을 때 편한 날을 보낸 적이 없다. 직업이 좋아서 경제적으로는 풍족했지만 항상 비사회주의 그루빠의 촉수에 들어 있다 보니 편한 날이 없었다.

내가 북한에서 가장 미워한 것이 있다면 보위원들, 보안 원들이었던 것 같다. 그들에게 많이도 당했다. 북한에서 누구든지 비사회주의를 하지 않는 사람이 없다. 비사회주의를 하지 않고서는 살아갈 수 없다. 그들이 내 일터에 들어서서 큰소리를 치면 당장에 돈주머니를 털어내야 했다. 고급담배, 아니면 돈을 쥐어주면 아무 군소리 없이 가버린다. 나쁜 짓도 안 하는데 코에 걸면 코걸이, 귀에 걸면 귀걸이여서 가슴을 졸이며 살았다.

북한도 언제면 한국 같은 세상으로 바뀔까? 자유만세를 부를 날이 빨리 왔으면 좋겠다. 비록 나에게 돈은 없지만 고향 사람들에게 따뜻한 이밥에 고깃국을 대접할 날이 온다면 나는 더 바랄 것이 없을 것 같다. 헐벗고 굶주리는 그들, 정치의 매에 맞아 스러져 가는 그들. 그들이 구원된다면 죽어도 원이 없을 것 같다. 정말로 통일이 된다면, 그때는 우리 대한민국이 얼마나 더 당당해질까? 아픔 속에서도 미래는 꼭 올 것이라는 확신 때문에 부지런히 통일을 향해 달리는 내 마음이다.

두 번째 詩集을 펴내며

우선 먼저 깊이 머리 숙여 인사를 드립니다. 저의 글들을 빛내주신 趙甲濟 대표님께, 그리고 저의 첫 번째 시집을 보아주시고 북한의 아픔을 함께 해주신 모든 분들께 진심으로 감사합니다.

저는 북한 최하층에서 대학도 못 졸업했으며 고작 중학교를 나온 데 불과합니다. 내가 살아온 땅에서 내가 체험한 산 현실이어서 글을 쓸 수가 있었습니다. 처참한 현실이 글이 된 것입니다. 오늘날 대한민국에 와서 흘리는 천국의 눈물과 어젯날 북한 땅에서 지옥의 비참한 눈물이 함께 폭포 치며 소리내어 만들어진 글입니다. 두 개의 詩集 모두는 나 혼자서 쓴 것이 아닙니다. 독재의 칼에 맞아 굶주리며 스러져 가는 북한 인민들이 함께 목 놓아 울며 쓴 글이라고 생각합니다.

북한의 아픔이자 혈육의 눈물인 저의 미숙한 두 번째 시집도 부디 아껴 주시고 사랑하는 마음으로 보아주시기 바랍니다.

2016년 3월 3일

꽃같은 마음씨

지은이 | 김수진
펴낸이 | 趙甲濟
펴낸곳 | 조갑제닷컴
초판 1쇄 발행 | 2016년 3월10일

주소 | 서울 종로구 새문안로 3길 36 용비어천가 1423호
전화 | 02-722-9411~3
팩스 | 02-722-9414
이메일 | webmaster@chogabje.com
홈페이지 | chogabje.com

등록 번호 | 2005년 12월2일(제300-2005-202호)
ISBN 979-11-85701-34-9

값 10,000원